Las cartas de Gustavo Adolfo Bécquer. Desde mi celda

Las cartas de Gustavo Adolfo Bécquer. Desde mi celda

Gustavo Adolfo Bécquer

ESMERALDA
PUBLISHING

LAS CARTAS DE GUSTAVO ADOLFO BÉCQUER. DESDE MI CELDA.
Esmeralda Publishing LLC.

Antecedentes:
Este título fue publicado originalmente en 1864.

Para más información, visite nuestro sitio web: www.esmeraldapublishing.com
Esmeralda Publishing y su logo son marcas registradas de Esmeralda Publishing LLC.

ISBN: 978-1-64800-019-5

Información de portada:

El aquelarre (1798) – Francisco de Goya

Diseño: Ariel Wajnerman

CARTA PRIMERA

Queridos amigos:

Heme aquí transportado de la noche a la mañana a mi escondido valle de Veruela; heme aquí instalado de nuevo en el oscuro rincón del cual salí por un momento para tener el gusto de estrecharos la mano una vez más, fumar un cigarro juntos, charlar un poco y recordar las agradables aunque inquietas horas de mi antigua vida. Cuando se deja una ciudad por otra, particularmente hoy que todos los grandes centros de población se parecen, apenas se percibe el aislamiento en que nos encontramos, antojándosenos al ver la identidad de los edificios, los trajes y las costumbres, que al volver la primera esquina vamos a hallar la casa a que concurríamos, las personas que estimábamos, las gentes a quienes teníamos costumbre de ver y hablar de continuo. En el fondo de este valle, cuya melancólica belleza impresiona profundamente, cuyo eterno silencio agrada y sobrecoge a la vez, diríase, por el contrario, que los montes que lo cierran como un valladar inaccesible me separan por completo del mundo. ¡Tan notable es el contraste de cuanto se ofrece a mis ojos; tan vagos y perdidos quedan al confundirse entre la multitud de nuevas ideas y sensaciones los recuerdos de las cosas más recientes!

Ayer con vosotros en la tribuna del Congreso, en la redacción, en el teatro Real, en *La Iberia*; hoy sonándome aún en el oído la última frase de una discusión ardiente, la última palabra de un artículo de fondo, el postrer acorde de un andante, el confuso rumor de cien conversaciones distintas, sentado a la lumbre de un campestre hogar donde arde un tronco de carrasca que salta y cruje antes de consumirse, saboreo en silencio mi taza de café, único exceso que en estas soledades me permito, sin que turbe la honda calma que merodea otro ruido que el del viento que gime a lo largo de las desiertas ruinas y el agua que lame los altos muros del monasterio o corre subterránea atravesando sus claustros sombríos y medrosos. Una muchacha con su zagalejo corto y anaranjado, su corpiño oscuro, su camisa blanca y cerrada sobre la que brillan dos gruesos hilos de cuentas rojas, sus medias azules y sus abarcas atadas con un listón negro que sube cruzándose caprichosamente hasta la mitad de la pierna, va y viene cantando a media voz por la cocina, atiza la lumbre del hogar, tapa y destapa los pucheros donde se condimenta la futura cena, y dispone el agua hirviente negra y amarga que me mira beber con asombro. A estas alturas y mientras dura el frío, la cocina es el estrado, el gabinete y el estudio.

Cuando sopla el cierzo, cae la nieve o azota la lluvia los vidrios del balcón de mi celda, corro a buscar la claridad rojiza y alegre de la llama, y allí teniendo a mis pies al perro que se enrosca junto a la lumbre, viendo brillar en el oscuro fondo de la cocina las mil chispas de oro con que se abrillantan las cacerolas y los trastos de la espetera, al reflejo del fuego, ¡cuántas veces he interrumpido la lectura de una escena de *La tempestad* de Shakespeare, o del *Caín* de Byron, para oír el ruido del agua que hierve a borbotones, coronándose de espuma, y levantando con sus penachos de vapor azul y ligero la tapadera de metal que golpea los bordes de la vasija!

Un mes hace que falto de aquí, y todo se encuentra lo mismo que antes de marcharme. El temeroso respeto de estos criados hacia todo lo que me pertenece no puede menos de traerme a la imaginación las irreverentes limpiezas, los temibles y frecuentes arreglos de cuarto de mis patronas de Madrid. Sobre aquella tabla, cubiertos de polvo, pero con las mismas señales, y colocados en el orden en que yo los tenía, están aún mis libros y mis papeles. Más allá cuelga de un clavo la cartera de dibujo; en un rincón veo la escopeta, compañera inseparable de mis filosóficas excursiones, con la cual he andado mucho, he pensado bastante y no he matado casi nada. Después de apurar mi taza de café, y mientras miro danzar las llamas violadas, rojas y amarillas a través del humo del cigarro que se extiende ante mis ojos como una gasa azul, he pensado un poco sobre qué escribiría a ustedes para *El Contemporáneo*, ya que me he comprometido a contribuir con una gota de agua a llenar ese océano sin fondo, ese abismo de cuartillas que se llama un periódico, especie de tonel que, como el de las Danaides, siempre se le está echando original y siempre está vacío. Las únicas ideas que me han quedado como flotando en la memoria y sueltas de la masa general que ha oscurecido y embotado el cansancio del viaje se refieren a los detalles de este, detalles que carecen en sí de interés, que en otras mil ocasiones he podido estudiar, pero que nunca como ahora se han ofrecido a mi imaginación en conjunto y contrastando entre sí de un modo tan extraordinario y patente.

Los diversos medios de locomoción de que he tenido que servirme para llegar hasta aquí me han recordado épocas y escenas tan distintas, que algunos ligeros rasgos de lo que de ellas recuerdo, trazados por pluma más avezada que la mía a esta clase de estudios, bastarían a bosquejar un curioso cuadro de costumbres.

Como por todo equipaje no llevaba más que un pequeño saco de noche, después de haberme despedido de ustedes llegué a la estación del ferrocarril a punto de montar en el tren. Previo un ligero saludo de cabeza dirigido a las pocas personas que de antemano se encontraban en el coche y que habían de ser mis compañeras de viaje, me acomodé en un rincón, esperando el momento de arrancar, que no debía de tardar mucho, a juzgar por la precipitación de los rezagados, el ir y venir de los guardas de la vía y el incesante golpear de las portezuelas.

La locomotora arrojaba ardientes y ruidosos resoplidos, como un caballo de raza, impaciente hasta ver que cae al suelo la cuerda que lo detiene en el hipódromo. De cuando en cuando, una pequeña oscilación hacía crujir las coyunturas de acero del monstruo; por último, sonó la campana, el coche hizo un brusco movimiento de delante a atrás y de atrás adelante, y aquella especie de culebra negra y monstruosa partió arrastrándose por el suelo a lo largo de los *rails* y arrojando silbidos estridentes que resonaban de una manera particular en el silencio de la noche.

La primera sensación que se experimenta al arrancar un tren es siempre insoportable. Aquel confuso rechinar de ejes, aquel crujir de vidrios estremecidos, aquel fragor de ferretería ambulante, igual, aunque en grado máximo, al que produce un simón desvencijado al rodar por una calle mal empedrada, crispa los nervios, marea y aturde. Verdad que en ese mismo aturdimiento hay algo de la embriaguez de la carrera, algo de lo vertiginoso que tiene todo lo grande; pero, comoquiera que, aunque mezclado con algo que place, hay mucho que incomoda, también es cierto que hasta que pasan algunos minutos y la continuación de las impresiones embota la sensibilidad, no se puede decir que se pertenece uno a sí mismo por completo.

Apenas hubimos andado algunos kilómetros, y cuando pude hacerme cargo de lo que había a mi alrededor, empecé a pasar revista a mis compañeros de coche; ellos, por su parte, creo que hacían algo por el estilo, pues con más o menos disimulo todos comenzamos a mirarnos unos a otros de los pies a la cabeza.

Como dije antes, en el coche nos encontrábamos muy pocas personas. En el asiento que hacía frente a aquel en que yo me había colocado, y sentada de modo que los pliegues de su amplia y elegante falda de seda me cubrían casi los pies, iba una joven como de dieciséis o diecisiete años, la cual, a juzgar por la distinción de su fisonomía y ese no sé qué aristocrático que se siente y no puede explicarse, debía pertenecer a una clase elevada. Acompañábala un aya, pues tal me pareció una señora muy atildada y fruncida que ocupaba el asiento inmediato y que de cuando en cuando le dirigía la palabra en francés para preguntarle cómo se sentía, qué necesitaba o advertirla de qué manera estaría más cómoda. La edad de aquella señora y el interés que se tomaba por la joven pudieran hacer creer que era su madre; pero, a pesar de todo, yo notaba en su solicitud algo de afectado y mercenario, que fue el dato que, desde luego, tuve en cuenta para clasificarla.

Haciendo *vis-à-vis* con el aya francesa, y medio enterrado entre los almohadones de un rincón, como viajero avezado a las noches de ferrocarril, estaba un inglés alto y rubio, como casi todos los ingleses, pero más que ninguno grave, afeitado y limpio. Nada más acabado y completo que su traje de *touriste*; nada más curioso que sus mil cachivaches de viaje, todos blancos y relucientes; aquí la manta escocesa, sujeta con sus hebillas de acero; allá el paraguas y el bastón con su funda de vaqueta, terciada al hombro la cómoda y elegante bolsa de piel de Rusia.

Cuando volví los ojos para mirarlo, el inglés, desde todo lo alto de su deslumbradora corbata blanca, paseaba una mirada olímpica sobre nosotros, y luego que su pupila verde, dilatada y redonda, se hubo empapado bien en los objetos, entornó nuevamente los párpados, de modo que, heridas por la luz que caía de lo alto, sus pestañas largas y rubias se me antojaban a veces dos hilos de oro que sujetaban por el cabo una remolacha, pues no a otra cosa podría compararse su nariz. Formando contraste con este seco y estirado *gentleman*, que, una vez entornados los ojos y bien acomodado en su rincón, permanecía inmóvil como una esfinge de granito en el extremo opuesto del coche, y ya poniéndose de pie, ya agachándose para colocar una enorme sombrerera debajo del asiento, o recostándose alternativamente de un lado y de otro como al que aqueja un dolor agudo y de ningún modo se encuentra bien, bullía sin cesar un señor como de cuarenta años, saludable, mofletudo y rechoncho, el cual señor, a lo que pude colegir por sus palabras, vivía en un pueblo de los inmediatos a Zaragoza, de donde nunca había salido sino a la capital de su provincia, hasta que, con ocasión de ciertos negocios propios del Ayuntamiento de que formaba parte en su país, había estado últimamente en la corte como cosa de un mes.

Todo esto, y mucho más, se lo dijo, él solo, sin que nadie se lo preguntara, porque el bueno del hombre era de lo más expansivo con que he topado en mi vida, mostrando tal afán por enredar conversación sobre cualquier cosa, que no perdonaba coyuntura.

Primero suplicó al inglés le hiciese el favor de colocar un cestito con dos botellas en la bolsa del coche que tenía más próxima; el inglés entreabrió los ojos, alargó una mano y lo hizo sin contestar una sola palabra a las expresivas frases con que le agradeciera el obsequio. De seguida se dirigió a la joven para preguntarle si la señora que la acompañaba era su mamá. La joven le contestó que no con una desdeñosa sobriedad de palabras. Después se encaró conmigo, deseando saber si seguiría hasta Pamplona; satisfice esta pregunta, y él, tomando pie de mi contestación, dijo que se quedaba en Tudela; y a propósito de esto habló de mil cosas diferentes y todas a cual de menos importancia, sobre todo para los que lo escuchábamos. Cansado de su desesperante monólogo o agotados los recursos de su imaginación, nuestro buen hombre, que, por lo visto, se fastidiaba a más no poder dentro de aquella atmósfera glacial y afectada, tan de buen tono entre personas que no se conocen, comenzó a poco, sin duda para distraer su aburrimiento, una serie de maniobras a cual más inconveniente y original. Primero cantó un rato a media voz alguna de las habaneras que había oído en Madrid a la criada de la casa de pupilos, después comenzó a atravesar el coche de un extremo a otro, dando aquí al inglés con el codo o pisando allí el extremo del traje de las señoras para asomarse a las ventanillas de ambos lados; por último, y esta fue la broma más pesada, dio en la flor de bajar los cristales en cada una de las estaciones para leer en alta voz el nombre del pueblo, pedir agua o preguntar los minutos que se detendría el tren.

En unas y en otras, ya nos encontrábamos cerca de Medinaceli y la noche se había entrado fría, anubarrada y desagradable; de modo que cada vez que se abría una de las portezuelas se estaba en peligro inminente de coger un catarro. El inglés, que hubo de comprenderlo así, se envolvió silenciosamente en su magnífica manta escocesa; la joven, por consejo del aya, que se lo dijo en alta voz, se puso un abrigo; yo, a falta de otra cosa, me levanté el cuello del gabán y hundí cuanto pude la cabeza entre los hombros. Nuestro hombre, sin embargo, prosiguió impertérrito practicando la misma peligrosa operación tantas veces cuantas paraba el tren, hasta que, al cabo, no sé si cansado de este ejercicio o advertido de la escena muda de arropamiento general que se repetía tantas veces cuantas él abría la ventanilla, cerró con aire de visible mal humor los cristales, tornando a echarse en su rincón, donde a los pocos minutos roncaba como un bendito, topando al aire y amenazando aplastarme la nariz con la coronilla en uno de aquellos bruscos vaivenes que de cuando en cuando lo hacían salir sobresaltado de su modorra, para restregarse los ojos, mirar el reloj y volverse a dormir de nuevo.

El peso de las altas horas de la noche comenzaba a dejarse sentir. En el vagón reinaba un silencio profundo, interrumpido solo por el eterno y férreo crujir del tren y algún que otro resoplido de nuestro amodorrado compañero, que alternaba en esta tarea con la máquina.

El inglés se durmió también, pero se durmió grave y dignamente, sin mover pie ni mano, como si, a pesar del letargo que lo embargaba, tuviese la conciencia de su posición. El aya comenzó a cabecear un poco, acabando por bajar el velo de su capota oscura y dormirse en estilo semiserio. Quedamos, pues, desvelados, como las vírgenes prudentes de la parábola, tan solo la joven y yo. A decir verdad, yo también me hubiera rendido al peso del aturdimiento y a las fatigas de la vigilia si hubiese tenido la seguridad de mantenerme en mi sueño en una actitud, si no tan grave como la del inmóvil *gentleman*, al menos no tan grotesca como la del buen regidor aragonés, que ora dejándose caer la gorra en una cabezada, ora roncando como un órgano o balbuceando palabras ininteligibles, ofrecía el espectáculo más chistoso que imaginarse puede.

Para despabilarme un poco, resolví dirigirle la palabra a la joven; pero, por una parte, temía cometer una indiscreción, mientras por otra, y no era esto lo menos para permanecer callado, no sabía cómo empezar. Entonces volví los ojos, que hasta entonces había tenido clavados en ella con alguna insistencia, y me entretuve en ver pasar a través de los cristales, y sobre una faja de terreno oscuro y monótono, ya las blancas nubes de humo y de chispas que se quedaban al paso de la locomotora rozando la tierra y como suspendidas e inmóviles, ya los palos del telégrafo, que parecían perseguirse y querer alcanzarse unos a otros lanzados a una carrera fantástica. No obstante, la aproximación de aquella mujer hermosa que yo sentía aun sin mirarla, el roce de su falda de seda que tocaba a mis pies y crujía a cada uno de sus movimientos, el sopor vertiginoso del incesante ruido, la languidez del cansancio, la misteriosa embriaguez de las altas horas de la noche, que pesan de una manera tan particular sobre el espíritu, comenzaron a influir en mi imaginación, ya sobreexcitada extrañamente.

Estaba despierto; pero mis ideas iban poco a poco tomando esa forma extravagante de los ensueños de la mañana, historias sin principio ni fin, cuyos eslabones de oro se quiebran con un rayo de enojosa claridad y vuelven a soldarse apenas se corren las cortinas del lecho. La vista se me fatigaba de ver pasar, eterna, monótona y oscura como un mar de asfalto, la línea del horizonte, que ya se alzaba, ya se deprimía, imitando el movimiento de las olas. De cuando en cuando dejaba caer la cabeza sobre el pecho, rompía el hilo de las historias extraordinarias que iba fingiendo en la mente y entornaba los ojos; pero apenas los volvía a abrir, encontraba siempre delante de ellos a aquella mujer, y tornaba a mirar por los cristales, y tornaba a soñar imposibles.

Yo he oído decir a muchos, y aun la experiencia me ha enseñado un poco, que hay horas peligrosas, horas lentas y cargadas de extraños pensamientos y de una voluptuosa pesadez, contra las que es imposible defenderse; en esas horas, como cuando nos turban la cabeza los vapores del vino, los sonidos se debilitan y parece que se oyen muy distantes, los objetos se ven como velados por una gasa azul, y el deseo presta audacia al espíritu, que recobra para sí todas las fuerzas que pierde la materia. Las horas de la madrugada, esas horas que deben tener más minutos que las demás, esas horas en que entre el caos de la noche comienza a forjarse el día siguiente, en que el sueño se despide con su última visión y la luz se anuncia con ráfagas de claridad incierta, son, sin duda alguna, las que en más alto grado reúnen semejantes condiciones.

Yo no sé el tiempo que transcurrió mientras a la vez dormía y velaba, ni tampoco me sería fácil apuntar algunas de las fantásticas ideas que cruzaron por mi imaginación, porque ahora solo recuerdo cosas desasidas y sin sentido, como esas notas sueltas de una música lejana que trae el viento a intervalos en ráfagas sonoras; lo que sí puedo asegurar es que gradualmente se fueron embotando mis sentidos, hasta el punto que cuando un gran estremecimiento, una bocanada de aire frío y la voz del guarda de la vía me anunciaron que estaba en Tudela, no supe explicarme cómo me encontraba tan pronto en el término de la primera parte de mi peregrinación.

Era completamente de día, y por la ventanilla del coche, que había abierto de par en par el señor gordo, entraban a la vez el sol rojizo y el aire fresco de la mañana. Nuestro regidor aragonés, que, por lo que podía colegirse, no veía la hora de dejar tan poco agradable reunión, apenas se convenció de que estábamos en Tudela, terciose la capa al hombro, cogió en una mano su sombrerera monstruo, en la otra el cesto, y saltó al andén con una agilidad que nadie hubiera sospechado en sus años y en su gordura. Yo tomé asimismo el pequeño saco, que era todo mi equipaje; dirigí una última mirada a aquella mujer, a quien acaso no volvería a ver más, y que había sido la heroína de mi novela de una noche, y, después de saludar a mis compañeros, salí del vagón buscando a un chico que llevase aquel bulto y me condujese a una fonda cualquiera.

* * *

Tudela es un pueblo grande, con ínfulas de ciudad, y el parador adonde me condujo mi guía, una posada con ribetes de fonda. Senteme y almorcé; por fortuna, si el almuerzo no fue gran cosa, la mesa y el servicio estaban limpios. Hagamos esta justicia a la navarra que se encuentra al frente del establecimiento. Aún no había tomado los postres, cuando el campanillazo de las colleras, los chasquidos del látigo y las voces del zagal que enganchaba las mulas me anunciaron que el coche de Tarazona iba a salir muy pronto. Cuando acabé de prisa y corriendo de tomar una taza de café bastante malo, y clarito por más señas, ya se oían los gritos de "¡Al coche, al coche!", unidos a las despedidas en alta voz, al ir y venir de los que colocaban los equipajes en la baca y las advertencias mezcladas de interjecciones del mayoral, que dirigía las maniobras desde el pescante como un piloto desde la popa de su buque.

La decoración había cambiado por completo, y nuevos y característicos personajes se encontraban en escena. En primer término, y unos recostados contra la pared, otros sentados en los marmolillos de las esquinas o agrupados en derredor del coche, veíanse hasta quince o veinte desocupados del lugar, para quienes el espectáculo de una diligencia que entra o sale es todavía un gran acontecimiento. Al pie del estribo, algunos muchachos, desharrapados y sucios, abrían con gran ociosidad las portezuelas, pidiendo indirectamente una limosna, y en el interior del ómnibus, pues este era propiamente el nombre que debiera darse al vehículo que iba a conducirnos a Tarazona, comenzaban a ocupar sus asientos los viajeros. Yo fui uno de los primeros en colocarme en mi sitio, al lado de dos mujeres, madre e hija, naturales de un pueblo cercano y que venían de Zaragoza, donde, según me dijeron, habían ido a cumplir no sé qué voto a la Virgen del Pilar: la muchacha tenía los ojos retozones, y de la madre se conservaba todo lo que a los cuarenta y pico de años puede conservarse de una buena moza. Tras mí entró un estudiante del Seminario, a quien no hubo de parecer saco de paja la muchacha, pues viendo que no podía sentarse junto a ella, porque ya lo había hecho yo, se compuso de modo que en aquellas estrecheces se tocasen rodilla con rodilla. Siguieron al estudiante otros dos individuos del sexo feo, de los cuales el primero parecía militar en situación de reemplazo, y el segundo, uno de esos pobres empleados de poco sueldo, a quienes a cada instante trasiega el Ministerio de una provincia a otra.

Ya estábamos todos y cada uno en su lugar correspondiente, y dándonos el parabién porque íbamos a estar un poco holgados, cuando apareció en la portezuela, y como un retrato dentro de su moldura, la cabeza de un clérigo entrado en edad, pero guapote y de buen color, al que acompañaba una ama o dueña, como por aquí es costumbre llamarlas, que en punto a cecina de mujer, era de lo mejor conservado y apetitoso a la vista que yo he encontrado de algún tiempo a esta parte.

Sintieron unos y se alegraron otros de la llegada de los nuevos compañeros, siendo de los segundos el escolar, el cual encontró ocasión de encajarse más estrechamente con su vecina de asiento, mientras hacía un sitio al ama del cura, sitio pequeño para el volumen que había de ocuparlo, aunque grande por la buena voluntad con que se le ofrecía. Sentose el ama, acomodose el clérigo, y ya nos disponíamos a partir, cuando, como llovido del cielo o salido de los profundos, hete aquí que se nos aparece mi famoso hombre gordo del ferrocarril, con su imprescindible cesto y su monstruosa sombrerera. Referir las cuchufletas, las interjecciones, las risas y los murmullos que se oyeron a su llegada sería asunto imposible, como tampoco es fácil recordar las maniobras de cada uno de los viajeros para impedir que se acomodase a su lado. Pero aquel era el elemento de nuestro hombre gordo: allí donde se reía, se empujaba, y unos manoteando, otros impasibles, todos hablaban a un tiempo, se encontraba el buen regidor como el pez en el agua o el pájaro en el aire. A las cuchufletas respondía con chanzas; a las interjecciones, encogiéndose de hombros, y a los envites de codos, con codazos, de manera que a los pocos minutos ya estaba sentado y en conversación con todos, como si los conociese de antigua fecha.

En esto partió el coche, comenzando ese continuo vaivén al compás del trote de las mulas, las campanillas del caballo delantero, el saltar de los cristales, el revolotear de los visillos y los chasquidos del látigo del mayoral, que constituyen el fondo de la armonía de una diligencia en marcha. Las torres de Tudela desaparecieron detrás de una loma bordada de viñedos y olivares. Nuestro hombre gordo, apenas se vio engolfado camino adelante y en compañía tan franca, alegre y de su gusto, desenvainó del cesto una botella y la merienda correspondiente para echar un taco. Dada la señal del combate, el fuego se hizo general a toda la línea, y unos de la fiambrera de hojalata, otros de un canastillo o del número de un periódico, cada cual sacó su indispensable tortilla de huevos con variedad de tropezones. Primero la botella, y cuando esta se hubo apurado, una bota de media azumbre del seminarista, comenzaron a andar a la ronda por el coche. Las mujeres, aunque se excusaban tenazmente, tuvieron que humedecerse la boca con el vino; el mayoral, dejando el cuidado de las mulas al delantero, sentose de medio ganchete en el pescante y formó parte del corro, no siendo de los más parcos en el beber; yo, aunque con nada había contribuido al festín, también tuve que empinar el codo más de lo que acostumbro.

A todo esto no cesaba el zarandeo del carruaje, de modo que con el aturdimiento del vinillo, el continuo vaivén, el tropezón de codos y rodillas, las risotadas de estos, el gritar de aquellos, las palabritas a media voz de los de más allá, un poco de sol enfilado a los ojos por las ventanillas y un bastante de polvo del que levantaban las mulas, las tres horas de camino que hay desde Tarazona a Tudela pasaron entre gloria y purgatorio, ni tan largas que me dieran lugar a desesperarme, ni tan breves que no viera con gusto el término de mi segunda jornada.

En Tarazona nos apeamos del coche entre una doble fila de curiosos, pobres y chiquillos. Despedímonos cordialmente los unos de los otros, volví a encargar a un chicuelo de la conducción de mi equipaje, y me encaminé al azar por aquellas calles estrechas, torcidas y oscuras, perdiendo de vista, tal vez para siempre, a mi famoso regidor, que había empezado por cargarme, concluyendo, al fin, por hacerme feliz con su eterno buen humor, su incansable charla y su inquietud, increíble en una persona de su edad y su volumen. Tarazona es una ciudad pequeña y antigua; más lejos del movimiento que Tudela, no se nota en ella el mismo adelanto, pero tiene un carácter más original y artístico. Cruzando sus calles con arquillos y retablos, con caserones de piedra llenos de escudos y timbres heráldicos, con altas rejas de hierro de labor exquisita y extraña, hay momentos en que se cree uno transportado a Toledo, la ciudad histórica por excelencia.

Al fin, después de haber discurrido un rato por aquel laberinto de calles, llegamos a la posada, que posada era, con todos los accidentes y el carácter de tal, el punto a que me condujo mi guía. Figúrense ustedes un medio punto de piedra carcomida y tostada, en cuya clave luce un escudo surmontado de un casco que en vez de plumas tiene en la cimera una pomposa mata de jaramagos amarillos, nacida entre las hendiduras de los sillares; junto al blasón de los que fueron un día señores de aquella casa solariega hay un palo, con una tabla en la punta a guisa de banderola, en que se lee con grandes letras de almagre el título del establecimiento; el nudoso y retorcido tronco de una parra que comienza a retoñar cubre de hojas verdes, transparentes e inquietas, un ventanuquillo abierto en el fondo de una antigua ojiva rellena de argamasa y guijarros de colores; a los lados del portal sirven de asiento algunos trozos de columnas, sustentados por rimeros de ladrillos o capiteles rotos y casi ocultos entre las hierbas que crecen al pie del muro, en el cual, y entre remiendos y parches de diferentes épocas, unos blancos y brillantes aún, otros con oscuras manchas de ese barniz particular de los años, se ven algunas estaquillas de madera clavadas en las hendiduras. Tal se ofreció a mis ojos el exterior de la posada; el interior no parecía menos pintoresco.

A la derecha, y perdiéndose en la media luz que penetraba de la calle, veíase una multitud de arcos chatos y macizos que se cruzaban entre sí, dejando espacio en sus huecos a una larga fila de pesebres, formados de tablas mal unidas al pie de los postes, y diseminados por el suelo, tropezábase aquí con las enjalmas de una caballería, allá con unos cuantos pellejos de vino o gruesas sacas de lana, sobre las que merendaban, sentados en corro y con el jarro en primer lugar, algunos arrieros y trajinantes.

En el fondo, y caracoleando, pegada a los muros o sujeta con puntales, subía a las habitaciones interiores una escalerilla empinada y estrecha, en cuyo hueco, y revolviendo un haz de paja, picoteaban los granos perdidos hasta una media docena de gallinas; la parte de la izquierda, a la que daba paso un arco apuntado y ruinoso, dejaba ver un rincón de la cocina iluminado por el resplandor rojizo y alegre del hogar, en donde formaban un gracioso grupo la posadera, mujer frescota y de buen temple, aunque entrada en años; una muchacha vivaracha y despierta, como de quince a dieciséis, y cuatro o cinco chicuelos rubios y tiznados, amén de un enorme gato rucio y dos o tres perros que se habían dormido al amor de la lumbre.

Después de dar un vistazo a la posada, hice presente al posadero el objeto que en su busca me traía, el cual estaba reducido a que me pusiese en contacto con alguien que me quisiera ceder una caballería para trasladarme a Veruela, punto al que no se puede llegar de otro modo.

Hízolo así el posadero, ajusté el viaje con unos hombres que habían venido a vender carbón de Purujosa y se tornaban de vacío, y héteme aquí otra vez en marcha y camino del Moncayo, atalajado en una mula como en los buenos tiempos de la Inquisición y del rey absoluto. Cuando me vi en mitad del camino, con aquellas subidas y bajadas tan escabrosas, rodeado de los carboneros que marchaban a pie a mi lado cantando una canción monótona y eterna; delante de mis ojos la senda, que parecía una culebra blancuzca e interminable que se alejaba enroscándose por entre las rocas, desapareciendo aquí y tornando a aparecer más allá, y a un lado y otro los horizontes inmóviles y siempre los mismos, figurábaseme que hacía un año que me había despedido de ustedes, que Madrid se había quedado en el otro cabo del mundo; que el ferrocarril que vuela, dejando atrás las estaciones y los pueblos, salvando los ríos y horadando las montañas, era un sueño de la imaginación o un presentimiento de lo futuro.

Como la verdad es que yo fácilmente me acomodo a todas las cosas, pronto me encontré bien con mi última manera de caminar, y dejando ir la mula a su paso lento y uniforme, eché a volar la fantasía por los espacios imaginarios, para que se ocupase en la calma y en la frescura sombría de los cotos de álamo que bordan el camino, en la luminosa serenidad del cielo, o saltase, como salta el ligero montañés, de peñasco en peñasco, por entre las quiebras del terreno, ora envolviéndose como en una gasa de plata en la nube que viene rastrera, ora mirando con vertiginosa emoción el fondo de los precipicios por donde va el agua, unas veces ligera, espumosa y brillante, y otras sin ruido, sombría y profunda.

Comoquiera que cuando se viaja así la imaginación, desasida de la materia, tiene espacio y lugar para correr, volar y juguetear como una loca por donde mejor le parece, el cuerpo, abandonado del espíritu, que es el que se apercibe de todo, sigue impávido su camino, hecho un bruto y atalajado como un pellejo de aceite, sin darse cuenta de sí mismo ni saber si se cansa o no.

En esta disposición de ánimo anduvimos no sé cuántas horas, porque ya no tenía ni conciencia del tiempo, cuando un airecillo agradable, aunque un poco fuerte, me anunció que habíamos llegado a la más alta de las cumbres que por la parte de Tarazona rodean el valle, término de mis peregrinaciones. Allí, después de haberme apeado de la caballería para seguir a pie el poco camino que me faltaba, pude exclamar, como los cruzados a la vista de la ciudad santa:

Ecco apparir Gerusalem si vede.

En efecto, en el fondo del melancólico y silencioso valle, al pie de las últimas ondulaciones del Moncayo, que levantaba sus aéreas cumbres coronadas de nieve y de nubes, medio ocultas entre el follaje oscuro de sus verdes alamedas y heridas por la última luz del sol poniente, vi las vetustas murallas y las puntiagudas torres del monasterio en donde, ya instalado en una celda, y haciendo una vida mitad por mitad literaria y campestre, espera vuestro compañero y amigo recobrar la salud, si Dios es servido de ello, y ayudaros a soportar la pesada carga del periódico en cuanto la enfermedad y su natural propensión a la vagancia se lo permitan.

CARTA SEGUNDA

Queridos amigos:

Si me vieran ustedes en algunas ocasiones con la pluma en la mano y el papel delante, buscando un asunto cualquiera para emborronar catorce o quince cuartillas, tendrían lástima de mí. Gracias a Dios que no tengo la perniciosa cuanto fea costumbre de morderme las uñas en casos de esterilidad, pues hasta tal punto me encuentro apurado e irresoluto en estos trances, que ya sería cosa de haberme comido la primera falange de los dedos. Y no es precisamente porque se hayan agotado de tal modo mis ideas que, registrando en el fondo de la imaginación, en donde andan enmarañadas e indecisas, no pudiese topar con alguna y traerla, a ser preciso, por la oreja, como dómine de lugar a muchacho travieso. Pero no basta tener una idea; es necesario despojarla de su extraña manera de ser, vestirla un poco al uso para que esté presentable, aderezarla y condimentarla, en fin, a propósito para el paladar de los lectores de un periódico, político por añadidura. Y aquí está lo espinoso del caso, aquí la gran dificultad.

Entre los pensamientos que antes ocupaban mi imaginación y los que aquí han engendrado la soledad y el retiro, se ha trabado una lucha titánica, hasta que, por último, vencidos los primeros por el número y la intensidad de sus contrarios, han ido a refugiarse no sé dónde, porque yo los llamo y no me contestan, los busco y no parecen. Ahora bien: lo que se siente y se piensa aquí en armonía con la profunda calma y el melancólico recogimiento de estos lugares, ¿podrá encontrar un eco en los que viven en ese torbellino de encontrados intereses, de pasiones sobreexcitadas, de luchas continuas, que se llama la corte?

Yo juzgo de la impresión que pueden hacer ideas que nacen y se desarrollan en la austera soledad de estos claustros por la que a su vez me producen las que ahí hierven, y de las cuales diariamente me trae *El Contemporáneo* como un abrasado soplo. Al periódico que todas las mañanas encontramos en Madrid, sobre la mesa del comedor o en el gabinete de estudio, se le recibe como a un amigo de confianza que viene a charlar un rato, mientras se hace hora de almorzar; con la ventaja de que si saboreamos un veguero, mientras él nos refiere, comentándola, la historia del día de ayer, ni siquiera hay necesidad de ofrecerle otro, como al amigo. Y esa historia de ayer que nos refiere es hasta cierto punto la historia de nuestros cálculos, de nuestras simpatías o de nuestros intereses; de modo que su lenguaje apasionado, sus frases palpitantes, suelen hablar a un tiempo a nuestra cabeza, a nuestro corazón y a nuestro bolsillo: en unas ocasiones repite lo que ya hemos pensado, y nos complace hallarlo acorde con nuestro modo de ver; otras nos dice la última palabra de algo que comenzábamos a adivinar, o nos da el tema en armonía con las vibraciones de nuestra inteligencia, para proseguir pensando. Tan íntimamente está enlazada su vida intelectual con la nuestra; tan una es la atmósfera en que se agitan nuestras pasiones y las suyas. Aquí, por el contrario, todo parece conspirar a un fin diverso. El periódico llega a los muros de este retiro como uno de esos círculos que se abren en el agua cuando se arroja una piedra, y que poco a poco se van debilitando a medida que se alejan del punto de donde partieron, hasta que vienen a morir en la orilla con un rumor apenas perceptible. El estado de nuestra imaginación, la soledad que nos rodea, hasta los accidentes locales parecen contribuir a que sus palabras suenen de otro modo en el oído. Juzgad, si no, por lo que a mí me sucede.

Todas las tardes, y cuando el sol comienza a caer, salgo al camino que pasa por delante de las puertas del monasterio para aguardar al conductor de la correspondencia que me trae los periódicos de Madrid. Frente al arco que da entrada al primer recinto de la abadía se extiende una larga alameda de chopos tan altos que, cuando agita sus ramas el viento de la tarde, sus copas se unen y forman una inmensa bóveda de verdura. Por ambos lados del camino, y saltando y cayendo con un murmullo apacible por entre las retorcidas raíces de los árboles, corren dos arroyos de agua cristalina y transparente, fría como la hoja de una espada y delgada como su filo. El terreno sobre el cual flotan las sombras de los chopos, salpicadas de manchas inquietas y luminosas, está a trechos cubierto de una yerba alta, espesa y finísima, entre la que nacen tantas margaritas blancas, que semejan a primera vista esa lluvia de flores con que alfombran el suelo los árboles frutales en los templados días de abril. En los ribazos, y entre los zarzales y los juncos del arroyo, crecen las violetas silvestres que, aunque casi ocultas entre sus rastreras hojas, se anuncian a gran distancia con su intenso perfume; y por último, también cerca del agua y formando como un segundo término, déjase ver, por entre los huecos que quedan de tronco a tronco una doble fila de nogales corpulentos con sus copas redondas, compactas y oscuras.

Como a la mitad de esta alameda deliciosa, y en un punto en que varios olmos dibujan un círculo pequeño, enlazando entre sí sus espesas ramas, que recuerdan, al tocarse en la altura, la cúpula de un santuario; sobre una escalinata formada de grandes sillares de granito, por entre cuyas hendiduras nacen y se enroscan los tallos de las flores trepadoras, se levanta gentil, artística y alta, casi como los árboles, una cruz de mármol que, merced a su color, es conocida en estas cercanías por la *Cruz negra de Veruela*. Nada más hermosamente sombrío que este lugar. Por un extremo del camino, limita la vista el monasterio con sus arcos ojivales, sus torres puntiagudas y sus muros almenados e imponentes; por el otro, las ruinas de una pequeña ermita se levantan al pie de una eminencia sembrada de tomillos y romeros en flor. Allí, sentado al pie de la cruz, y teniendo en las manos un libro que casi nunca leo, y que muchas veces dejo olvidado en las gradas de piedra, estoy una y dos, y a veces hasta cuatro horas aguardando el periódico. De cuando en cuando veo atravesar a lo lejos una de esas figuras aisladas que se colocan en un paisaje para hacer sentir mejor la soledad del sitio. Otras veces, exaltada la imaginación, creo distinguir confusamente, sobre el fondo oscuro del follaje, los monjes blancos que van y vienen silenciosos alrededor de su abadía, o una muchacha de la aldea que pasa por ventura al pie de la cruz con un manojo de flores en el halda, se arrodilla un momento y deja un lirio azul sobre los peldaños. Luego, un suspiro que se confunde con el rumor de las hojas; después... ¡qué sé yo...!, escenas sueltas de no sé qué historias que yo he oído o que inventaré algún día; personajes fantásticos que, unos tras otros, van pasando ante mi vista, y de los cuales cada uno me dice una palabra o me sugiere una idea: ideas y palabras que más tarde germinarán en mi cerebro, y acaso den fruto en el porvenir.

La aproximación del correo viene siempre a interrumpir una de estas maravillosas historias. En el profundo silencio que me rodea, el lejano rumor de los pasos de su caballo, que cada vez se percibe más distinto, lo anuncia a larga distancia; por fin llega a donde estoy, saca el periódico de la bolsa de cuero que trae terciada al hombro, me lo entrega y, después de cambiar algunas palabras o un saludo, desaparece por el extremo opuesto del camino que trajo.

Como le he visto nacer, como desde que vino al mundo he vivido con su vida febril y apasionada, *El Contemporáneo* no es para mí un papel como otro cualquiera, sino que sus columnas son ustedes todos, mis amigos, mis compañeros de esperanzas o desengaños, de reveses o de triunfos, de satisfacciones o de amarguras. La primera impresión que siento, pues, al recibirle es siempre una impresión de alegría, como la que se experimenta al romper la cubierta de una carta en cuyo sobre hemos visto una letra querida, o como cuando en un país extranjero se estrecha la mano de un compatriota y se oye hablar el idioma nativo. Hasta el olor particular del papel húmedo y la tinta de imprenta, olor especialísimo que por un momento viene a sustituir al perfume de las flores que aquí se respira por todas partes, parece que hiere la memoria del olfato, memoria extraña y viva que indudablemente existe, y me trae un pedazo de mi antigua vida: de aquella inquietud, de aquella actividad, de aquella fiebre fecunda del periodismo. Recuerdo el incesante golpear y crujir de la máquina que multiplicaba por miles las palabras que acabábamos de escribir y que salían aún palpitando de la pluma; recuerdo el afán de las últimas horas de redacción, cuando la noche va de vencida y el original escasea; recuerdo, en fin, las veces que nos ha sorprendido el día corrigiendo un artículo o escribiendo una noticia última sin hacer más caso de las poéticas bellezas de la alborada que de la carabina de Ambrosio. En Madrid, y para nosotros en particular, ni amanece ni se pone el sol: se apaga o se enciende la luz, y es por la única cosa que lo advertimos.

Al fin rompo la faja del periódico y comienzo a pasar la vista por sus renglones hasta que gradualmente me voy engolfando en su lectura, y ya ni veo ni oigo nada de lo que se agita a mi alrededor. El viento sigue suspirando entre las copas de los árboles, el agua sonriendo a mis pies, y las golondrinas, lanzando chillidos agudos, pasan sobre mi cabeza; pero yo, cada vez más absorto y embebido con las nuevas ideas que comienzan a despertarse a medida que me hieren las frases del periódico, me juzgo transportado a otros sitios y a otros días. Paréceme asistir de nuevo a la Cámara, oír los discursos ardientes, atravesar los pasillos del Congreso donde, entre el animado cuchicheo de los grupos, se forman las futuras crisis; y luego veo las secretarías de los ministerios en donde se hace la política oficial; las redacciones donde hierven las ideas que han de caer al día siguiente como la piedra en el lago, y los círculos de la opinión pública que comienzan en el Casino, siguen en las mesas de los cafés y acaban en los guardacantones de las calles. Vuelvo a seguir con interés las polémicas acaloradas, vuelvo a reanudar el roto hilo de las intrigas, y ciertas fibras embotadas aquí, las fibras de las pasiones violentas, la inquieta ambición, el ansia de algo más perfecto, el afán de hallar la verdad escondida a los ojos humanos, tornan a vibrar nuevamente y a encontrar en mi alma un eco profundo. "*El Diario Español*, *El Pensamiento* o *La Iberia* hablan de esto, afirman aquello o niegan lo de más allá", dice *El Contemporáneo*; y yo sin saber apenas dónde estoy, tiendo las manos para cogerlos, creyendo que están allí a mi alcance, como si me encontrara sentado a la mesa de la redacción.

Pero esa tromba de pensamientos tumultuosos, que pasan por mi cabeza como una nube de tronada, se desvanecen apenas nacidos. Aún no he acabado de leer las primeras columnas del periódico, cuando el último reflejo del sol que dobla lentamente la cumbre del Moncayo, desaparece de la más alta de las torres del monasterio, en cuya cruz de metal llamea un momento antes de extinguirse. Las sombras de los montes bajan a la carrera y se extienden por la llanura; la luna comienza a dibujarse en el Oriente como un círculo de cristal que transparenta el cielo, y la alameda se envuelve en la indecisa luz del crepúsculo. Ya es imposible continuar leyendo. Aún se ven por una parte, y entre los huecos de las ramas chispazos rojizos del sol poniente, y por la otra una claridad violada y fría. Poco a poco comienzo a percibir otra vez, semejante a una armonía confusa, el ruido de las hojas y el murmullo del agua, fresco, sonoro y continuado, a cuyo compás vago y suave vuelven a ordenarse las ideas y se van moviendo con más lentitud en una danza cadenciosa, que languidece al par de la música, hasta que por último se aguzan unas tras otras, como esos puntos de luz apenas perceptibles que de pequeños nos entreteníamos en ver morir en las pavesas de un papel quemado. La imaginación, entonces, ligera y diáfana, se mece y flota al rumor del agua, que la arrulla como una madre arrulla a un niño. La campana del monasterio, la única que ha quedado colgada en su ruinosa torre bizantina, comienza a tocar la oración, y una cerca, otra lejos, estas con una vibración metálica y aguda, aquellas con un tañido sordo y triste, les responden las otras campanas de los lugares del Somontano. De estos pequeños lugares, unos están en la punta de las rocas, colgados como el nido de un águila, y otros, medio escondidos en las ondulaciones del monte o en lo más profundo de los valles. Parece una armonía que a la vez baja del cielo y sube de la tierra, y se confunde y flota en el espacio, mezclándose al último rumor del día que muere, al primer suspiro de la noche que nace.

Ya todo pasó. Madrid, la política, las luchas ardientes, las miserias humanas, las pasiones, las contrariedades, los deseos, todo se ha ahogado en aquella música divina. Mi alma está ya tan serena como el agua inmóvil y profunda. La fe en algo más grande, en un destino futuro y desconocido, más allá de esta vida, la fe de la eternidad, en fin, aspiración absorbente, única e inmensa, mata esa fe al por menor que pudiéramos llamar personal, la fe en el mañana, especie de aguijón que espolea los espíritus irresolutos, y que tanto se necesita para luchar y vivir y alcanzar cualquier cosa en la tierra.

Absorto en estos pensamientos, doblo el periódico y me dirijo a mi habitación. Cruzo la sombría calle de árboles y llego a la primera cerca del monasterio, cuya dentellada silueta destaca por oscuro sobre el cielo en un todo semejante a la de un castillo feudal; atravieso el patio de armas con sus arcos redondos y timbrados, sus bastiones llenos de saeteras y coronados de almenas puntiagudas, de las cuales algunas yacen en el foso, medio ocultas entre los jaramagos y los espinos. Entre dos cubos de muralla, altos, negros e imponentes, se alza la torre que da paso al interior: una cruz clavada en la punta indica el carácter religioso de aquel edificio, cuyas enormes puertas de hierro y muros fortísimos, más parece que deberían guardar soldados que monjes.

Pero apenas las puertas se abren rechinando sobre sus goznes enmohecidos, la abadía aparece con todo su carácter. Una larga fila de olmos, entre los que se elevan algunos cipreses, deja ver en el fondo la iglesia bizantina, con su portada semicircular llena de extrañas esculturas. Por la derecha se extiende la remendada tapia de un huerto, por encima de la cual asoman las copas de los árboles, y a la izquierda se descubre el palacio abacial, severo y majestuoso en medio de su sencillez. Desde este primer recinto se pasa al inmediato por un arco de medio punto, después del cual se encuentra el sitio donde en otro tiempo estuvo el enterramiento de los monjes. Un arroyuelo, que luego desaparece y se oye gemir por debajo de tierra, corre al pie de tres o cuatro árboles viejos y nudosos: a un lado se descubre el molino, medio agachapado entre unas ruinas, y más allá, oscura como la boca de una cueva, la portada monumental del claustro, con sus pilastras platerescas llenas de hojarascas, bichas, ángeles, cariátides y dragones de granito, que sostienen emblemas de la Orden, mitras y escudos.

Siempre que atravieso este recinto cuando la noche se aproxima y comienza a influir en la imaginación con su alto silencio y sus alucinaciones extrañas, voy pisando quedo y poco a poco las sendas abiertas entre los zarzales y las yerbas parásitas, como temeroso de que al ruido de mis pasos despierte en sus fosas y levante la cabeza alguno de los monjes que duermen allí el sueño de la eternidad. Por último, entro en el claustro, donde ya reina una oscuridad profunda: la llama del fósforo que enciendo para atravesarlo vacila agitada por el aire, y los círculos de luz que despide luchan trabajosamente con las tinieblas. Sin embargo, a su incierto resplandor pueden distinguirse las largas series de ojivas, festoneadas de hojas de trébol, por entre las que asoman, con una mueca muda y horrible, esas mil fantásticas y caprichosas creaciones de la imaginación que el arte misterioso de la Edad Media dejó, grabadas en el granito de sus basílicas: aquí un endriago que se retuerce por una columna y saca su deforme cabeza por entre la hojarasca del capitel; allí un ángel que lucha con un demonio y entre los dos soportan la recaída de un arco que se apunta al muro; más lejos, y sombreadas por el batiente oscuro del lucillo que las contiene, las urnas de piedra, donde bien con la mano en el montante o revestidas de la cogulla, se ven las estatuas de los guerreros y abades más ilustres que han patrocinado este monasterio o lo han enriquecido con sus dones.

Los diferentes y extraordinarios objetos que unos tras otros van hiriendo la imaginación, la impresionan de una manera tan particular, que cuando después de haber discurrido por aquellos patios sombríos, aquellas alamedas misteriosas y aquellos claustros imponentes, penetro al fin en mi celda y desdoblo otra vez *El Contemporáneo* para proseguir su lectura, paréceme que está escrito en un idioma que no entiendo. Bailes, modas, el estreno de una comedia, un libro nuevo, un cantante extraordinario, una comida en la embajada de Rusia, la compañía de Price, la muerte de un personaje, los *clowns*, los banquetes políticos, la música, todo revuelto: una obra de caridad con un crimen, un suicidio con una boda, un entierro con una función de toros extraordinaria.

A esta distancia y en este lugar me parece mentira que existe aún ese mundo que yo conocía, el mundo del Congreso y las redacciones, del Casino y de los teatros, del Suizo y de la Fuente Castellana, y que existe tal como yo lo dejé, rabiando y divirtiéndose, hoy en una broma, mañana en un funeral, todos deprisa, todos cosechando esperanzas y decepciones, todos corriendo detrás de una cosa que no alcanzan nunca, hasta que corriendo den en uno de esos lazos silenciosos que nos va tendiendo la muerte, y desaparezcan como por escotillón con una gacetilla por epitafio.

Cuando me asaltan estas ideas, en vano hago esfuerzos por templarme como ustedes y entrar a compás en la danza. No oigo la música, que os lleva a todos envueltos como en un torbellino; no veo en esa agitación continua, en ese ir y venir, más que lo que ve el que mira un baile desde lejos: una pantomima muda e inexplicable, grotesca unas veces, terrible otras.

Ustedes, sin embargo, quieren que escriba alguna cosa, que lleve mi parte en la sinfonía general, aun a riesgo de salir desafinando. Sea, y sirva esto de introducción y preludio: quiere decir que si alguno de mis lectores ha sentido otra vez algo de lo que yo siento ahora, mis palabras le llevarán al recuerdo de más tranquilos días, como el perfume de un paraíso distante; y los que no, tendrán en cuenta mi especial posición para tolerar que de cuando en cuando rompa con una nota desacorde la armonía de un periódico político.

CARTA TERCERA

Queridos amigos:

Hace dos o tres días, andando a la casualidad por entre estos montes, y habiéndome alejado más de lo que acostumbro en mis paseos matinales, acerté a descubrir, casi oculto entre las quiebras del terreno y fuera de todo camino, un pueblecillo cuya situación, por extremo pintoresca, me agradó tanto, que no pude por menos de aproximarme a él para examinarle a mis anchas. Ni aun pregunté su nombre, y si mañana o el otro quisiera buscarle por su situación en el mapa, creo que no lo encontraría: tan pequeño es y tan olvidado parece entre las ásperas sinuosidades del Moncayo. Figúrense ustedes en el declive de una montaña inmensa y sobre una roca que parece servirle de pedestal, un castillo del que solo quedan en pie la torre del homenaje, algunos lienzos de muro carcomidos y musgosos. Agrupadas alrededor de este esqueleto de fortaleza, cual si quisiesen todavía dormir seguras a su sombra como en la edad de hierro en que debió alzarse, se ven algunas casas, pequeñas heredades con sus bardales de heno, sus tejados rojizos y sus chimeneas desiguales y puntiagudas, por cima de las que se eleva el campanario de la parroquia con su reloj de sol, su esquiloncillo que llama a la primera misa, y su gallo de hojalata que gira en lo alto de la veleta a merced de los vientos.

Una senda que sigue el curso del arroyo que cruza el valle serpenteando por entre los cuadros de los trigos, verdes y tirantes como el paño de una mesa de billar, sube dando vueltas a los amontonados pedruscos sobre que se asienta el pueblo, hasta el punto en que un pilarote de ladrillos con una cruz en el remate señala la entrada. Sucede con estos pueblecitos tan pintorescos, cuando se ven en lontananza tantas líneas caprichosas, tantas chimeneas arrojando pilares de humo azul, tantos árboles y peñas y accidentes artísticos, lo que con otras muchas cosas del mundo, en que todo es cuestión de la distancia a que se miran; y la mayor parte de las veces, cuando se llega a ellos, la poesía se convierte en prosa. Ya en la cruz de la entrada, lo que pude descubrir del interior del lugar no me pareció, en efecto, que respondía ni con mucho a su perspectiva; de modo que, no queriendo arriesgarme por sus estrechas, sucias y empinadas callejas, comencé a costearlo y me dirigí a una reducida llanura que se descubre a su espalda, dominada solo por la iglesia y el castillo. Allí, en unos campos de trigo, y junto a dos o tres nogales aislados que comenzaban a cubrirse de hojas, está lo que, por su especial situación y la pobre cruz de palo enclavada sobre la puerta, colegí que sería el cementerio.

Desde muy niño concebí, y todavía conservo, una instintiva aversión a los camposantos de las grandes poblaciones: aquellas tapias encaladas y llenas de huecos, como la estantería de una tienda de géneros ultramarinos; aquellas calles de árboles raquíticos, simétricas y enarenadas, como las avenidas de un parque inglés; aquella triste parodia de jardín con flores sin perfume y verdura sin alegría, me oprimen el corazón y me crispan los nervios. El afán de embellecer grotesca y artificialmente la muerte me trae a la memoria esos niños de los barrios bajos, a quienes después de expirar embadurnan la cara con arrebol, de modo que, entre el cerco violado de los ojos, la intensa palidez de las sienes y el rabioso carmín de las mejillas, resulta una mueca horrible.

Por el contrario, en más de una aldea he visto un cementerio chico, abandonado, pobre, cubierto de ortigas y cardos silvestres, y me ha causado una impresión siempre melancólica, es verdad, pero mucho más suave, mucho más respetuosa y tierna. En aquellos vastos almacenes de la muerte, siempre hay algo de esa repugnante actividad del tráfico; la tierra, constantemente removida, deja ver fosas profundas que parecen aguardar su presa con hambre. Aquí nichos vacíos, a los que no falta más que un letrero: "Esta casa se alquila"; allí huesos que se retrasan en el pago de su habitación, y son arrojados qué sé yo adónde, para dejar lugar a otros; y lápidas con filetes de relumbrones, y décimas y coronas de flores de trapo, y siemprevivas de comerciantes de objetos fúnebres. En estos escondidos rincones, último albergue de los ignorados campesinos, hay una profunda calma: nadie turba su santo recogimiento, y después de envolverse en su ligera capa de tierra sin siquiera tener encima el peso de una losa, deben dormir mejor y más sosegados.

Cuando, no sin tener que forcejear antes un poco, logré abrir la carcomida y casi deshecha puerta del pequeño cementerio que por casualidad había encontrado en mi camino, y este se ofreció a mi vista, no pude menos de confirmarme nuevamente en mis ideas. Es imposible ni aun concebir un sitio más agreste, más solitario y más triste, con una agradable tristeza, que aquel. Nada habla allí de la muerte con ese lenguaje enfático y pomposo de los epitafios; nada la recuerda de modo que horrorice con el repugnante espectáculo de sus atavíos y despojos. Cuatro lienzos de tapia humilde, compuestos de arena amasada con piedrecillas de colores, ladrillos rojos y algunos sillares cubiertos de musgo en los ángulos, cercan un pedazo de tierra, en el cual la poderosa vegetación de este país, abandonada a sí misma, despliega sus silvestres galas con un lujo y una hermosura imponderables. Al pie de las tapias y por entre sus rendijas, crecen la hiedra y esas campanillas de color de rosa pálido que suben sosteniéndose en las asperezas del muro hasta trepar a los bardales de heno, por donde se cruzan y se mecen como una flotante guirnalda de verdura. La espesa y fina yerba que cubre el terreno y marca con suave claroscuro todas sus ondulaciones produce el efecto de un tapiz bordado de esas mil florecillas cuyos poéticos nombres ignora la ciencia, y solo podrían decir las muchachas del lugar, que en las tardes de mayo las cogen en el halda para engalanar el retablo de la Virgen.

Allí en medio de algunas espigas, cuya simiente acaso trajo el aire de las eras cercanas, se columpian las amapolas con sus cuatro hojas purpúreas y descompuestas: las margaritas blancas y menudas, cuyos pétalos arrancan uno a uno los amantes, semejan copos de nieve que el calor no ha podido derretir, contrastando con los dragoncillos corales y esas estrellas de cinco rayos, amarillas e inodoras, que llaman de los muertos, las cuales crecen salpicadas en los camposantos entre las ortigas, las rosas de los espinos, los cardos silvestres y las alcachoferas puntiagudas y frondosas. Una brisa pura y agradable mueve las flores, que se balancean con lentitud, y las altas yerbas, que se inclinan y levantan a su empuje como las pequeñas olas de un mar verde y agitado. El sol resbala suavemente sobre los objetos, los ilumina o los transparenta, aumentando la intensidad y la brillantez de sus tintas, y parece que los dibuja con un perfil de oro para que destaquen entre sí con más limpieza. Algunas mariposas revolotean de acá para allá haciendo en el aire esos giros extraños que fatigan la vista, que inútilmente se empeña en seguir su vuelo tortuoso; y mientras las abejas estrechan sus círculos zumbando alrededor de los cálices llenos de perfumada miel, y los pardillos picotean los insectos que pululan por el bardal de la tapia, una lagartija asoma su cabeza triangular y aplastada y sus ojos pequeños y vivos por entre sus hendiduras, y huye temerosa a guarecerse en su escondite al menor movimiento.

Después que hube abarcado con una mirada el conjunto de aquel cuadro, imposible de reproducir con frases siempre descoloridas y pobres, me senté en un pedrusco, lleno de esa emoción sin ideas que experimentamos siempre que una cosa cualquiera nos impresiona profundamente, y parece que nos sobrecoge por su novedad o su hermosura. En esos instantes rapidísimos en que la sensación fecunda la inteligencia, y allá en el fondo del cerebro tiene lugar la misteriosa concepción de los pensamientos que han de surgir algún día evocados por la memoria, nada se piensa, nada se razona: los sentidos todos parecen ocupados en recibir y guardar la impresión que analizarán más tarde.

Sintiendo aún las vibraciones de esta primera sacudida del alma, que la sumerge en un agradable sopor, estuve, pues, largo tiempo, hasta que gradualmente comenzaron a extinguirse, y poco a poco fueron levantándose las ideas relativas. Estas ideas, que ya han cruzado otras veces por la imaginación y duermen olvidadas en alguno de sus rincones, son siempre las primeras en acudir cuando se toca su resorte misterioso. No sé si a todos les habrá pasado igualmente; pero a mí me ha sucedido con bastante frecuencia preocuparme en ciertos momentos con la idea de la muerte, y pensar largo rato y concebir deseos y formular votos acerca de la destinación futura, no solo de mi espíritu, sino de mis despojos mortales. En cuanto al alma, dicho se está que siempre he deseado que se encaminase al cielo. Con el destino que darían a mi cuerpo es con lo que más he batallado, y acerca de lo cual he echado más a menudo a volar la fantasía. En aquel punto en que todas aquellas viejas locuras de mi imaginación salieron en tropel de los desvanes de la cabeza donde tengo arrinconados, como trastos inútiles, los pensamientos extraños, las ambiciones absurdas y las historias imposibles de la adolescencia, ilusiones rosadas que, como los trajes antiguos, se han ajado ya y se han puesto de color de ala de mosca con los años, fue cuando pude apreciar, sonriendo al compararlas entre sí, la candidez de mis aspiraciones juveniles.

En Sevilla, y en la margen del Guadalquivir que conduce al convento de San Jerónimo, hay cerca del agua una especie de remanso que fertiliza un valle en miniatura formado por el corte natural de la ribera, que en aquel lugar es bien alta y tiene un rápido declive. Dos o tres álamos blancos, corpulentos y frondosos, entretejiendo sus copas, defienden aquel sitio de los rayos del sol, que rara vez logra deslizarse entre las ramas, cuyas hojas producen un ruido manso y agradable cuando el viento las agita y las hace parecer ya plateadas, ya verdes, según del lado que las empuja. Un sauce baña sus raíces en la corriente del río, hacia el que se inclina como agobiado de un peso invisible, y a su alrededor crecen multitud de juncos y de esos lirios amarillos y grandes que nacen espontáneos al borde de los arroyos y las fuentes.

Cuando yo tenía catorce o quince años, y mi alma estaba henchida de deseos sin nombre, de pensamientos puros y de esa esperanza sin límites que es la más preciada joya de la juventud; cuando yo me juzgaba poeta; cuando mi imaginación estaba llena de esas risueñas fábulas del mundo clásico, y Rioja en sus silvas a las flores, Herrera en sus tiernas elegías y todos mis cantores sevillanos, dioses penates de mi especial literatura, me hablaban de continuo del Betis majestuoso, el río de las ninfas, de las náyades y los poetas, que corre al océano escapándose de un ánfora de cristal, coronado de espadañas y laureles, ¡cuántos días, absorto en la contemplación de mis sueños de niño, fui a sentarme en su ribera, y allí, donde los álamos me protegían con su sombra, daba rienda suelta a mis pensamientos y forjaba una de esas historias imposibles, en las que hasta el esqueleto de la muerte se vestía a mis ojos con galas fascinadoras y espléndidas! Yo soñaba entonces una vida independiente y dichosa, semejante a la del pájaro, que nace para cantar, y Dios le procura de comer; soñaba esa vida tranquila del poeta que irradia con suave luz de una en otra generación; soñaba que la ciudad que me vio nacer se enorgulleciese con mi nombre, añadiéndolo al brillante catálogo de sus ilustres hijos; y cuando la muerte pusiese un término a mi existencia, me colocasen para dormir el sueño de oro de la inmortalidad a la orilla del Betis, al que yo habría cantado en odas magníficas, y en aquel mismo punto a donde iba tantas veces a oír el suave murmullo de sus ondas. Una piedra blanca con una cruz y mi nombre serían todo el monumento.

Los álamos blancos, balanceándose día y noche sobre mi sepultura, parecerían rezar por mi alma con el susurro de sus hojas plateadas y verdes, entre las que vendrían a refugiarse los pájaros para cantar al amanecer un himno alegre a la resurrección del espíritu a regiones más serenas; el sauce cubriendo aquel lugar de una flotante sombra, le prestaría su vaga tristeza, inclinándose y derramando en derredor sus ramas desmayadas y flexibles como para proteger y acariciar mis despojos; y hasta el río, que en las horas de creciente casi vendría a besar el borde de la losa cercada de juncos, arrullaría mi sueño con una música agradable. Pasado algún tiempo, y después que la losa comenzara a cubrirse de manchas de musgo, una mata de campanillas, de esas campanillas azules con un disco de carmín en el fondo que tanto me gustaban, crecería a su lado enredándose por entre sus grietas y vistiéndola con sus hojas anchas y transparentes, que no sé por qué misterio tienen la forma de un corazón; los insectos de oro con alas de luz, cuyo zumbido convida a dormir en la calurosa siesta, vendrían a revolotear en torno de sus cálices; para leer mi nombre, ya borroso por la acción de la humedad y los años, sería preciso descorrer un cortinaje de verdura. ¿Pero para qué leer mi nombre? ¿Quién no sabría que yo descansaba allí? Algún desconocido admirador de mis versos plantaría un laurel que, descollando altivo entre los otros árboles, hablase a todos de mi gloria; y ya una mujer enamorada que halló en mis cantares un rasgo de esos extraños fenómenos del amor que solo las mujeres saben sentir y los poetas descifrar, ya un joven que se sintió inflamado con el sacro fuego que hervía en mi mente y a quien mis palabras revelaron nuevos mundos de la inteligencia, hasta entonces para él ignotos, o un extranjero que vino a Sevilla llamado por la fama de su belleza y los recuerdos que en ella dejaron sus hijos, echaría una flor sobre mi tumba contemplándola un instante con tierna emoción, con noble envidia o respetuosa curiosidad: a la mañana, las gotas del rocío resbalarían como lágrimas sobre su superficie.

Después de remontado el sol, sus rayos la dorarían, penetrando tal vez en la tierra y abrigando su dulce calor mis huesos. En la tarde y a la hora en que las aguas del Guadalquivir copian temblando el horizonte de fuego, la árabe torre y los muros romanos de mi hermosa ciudad, los que siguen la corriente del río en un ligero bote que deja en pos una inquieta línea de oro, dirían, al ver aquel rincón de verdura, donde la piedra blanqueaba al pie de los árboles: "Allí duerme el poeta". Y cuando el *gran Betis* dilatase sus riberas hasta los montes; cuando sus alteradas ondas, cubriendo el pequeño valle subiesen hasta la mitad del tronco de los álamos, las ninfas que viven ocultas en el fondo de sus palacios, diáfanos y transparentes, vendrían a agruparse alrededor de mi tumba: yo sentiría la frescura y el rumor del agua agitada por sus juegos; sorprendería el secreto de sus misteriosos amores; sentiría tal vez la ligera huella de sus pies de nieve al resbalar sobre el mármol en una danza cadenciosa, oyendo, en fin, como cuando se duerme ligeramente se oyen las palabras y los sonidos de una manera confusa, el armonioso coro de sus voces juveniles y las notas de sus liras de cristal.

Así soñaba yo en aquella época. ¡A tanto y a tan poco se limitaban entonces mis deseos! Pasados algunos años, luego que hube salido de mi ciudad querida, después que mis ideas tomaron poco a poco otro rumbo, y la imaginación, cansada ya de idilios, de ninfas, de poesía y de flores, comenzó a remontarse a épocas distantes, complaciéndose en vestir con sus galas las dramáticas escenas de la historia, fingiendo un marco de oro para cada uno de sus cuadros y haciendo un pedestal para cada uno de sus personajes, volví a soñar, y como en las comedias de magia, nuevas decoraciones de fantasía sustituyeron a las antiguas, y la vara mágica del deseo hizo posible en la mente nuevos absurdos.

¡Cuántas veces, después de haber discurrido por las anchurosas naves de alguna de nuestras inmensas catedrales góticas, o de haberme sorprendido la noche en uno de esos imponentes y severos claustros de nuestras históricas abadías, he vuelto a sentir inflamada mi alma con la idea de la gloria, pero una gloria más ruidosa y ardiente que la del poeta! Yo hubiera querido ser un rayo de la guerra, haber influido poderosamente en los destinos de mi país, haber dejado en sus leyes y sus costumbres la profunda huella de mi paso; que mi nombre resonase unido, y como personificándola, a alguna de sus grandes revoluciones, y luego, satisfecha mi sed de triunfos y de estrépito, caer en un combate, oyendo como el último rumor del mundo el agudo clamor de la trompetería de mis valerosas huestes para ser conducido sobre el pavés, envuelto en los pliegues de mi destrozada bandera, emblema de cien victorias, a encontrar la paz del sepulcro en el fondo de uno de esos claustros santos, donde vive el eterno silencio y al que los siglos prestan su majestad y su color misterioso e indefinible. Una airosa ojiva erizada de hojas revueltas y puntiagudas, por entre las cuales se enroscaran, asomando su deforme cabeza, por aquí un grifo, por allá uno de esos monstruos alados, engendro de la imaginación del artífice, bañaría en oscura sombra mi sepulcro: a su alrededor, y debajo de calados doseletes, los santos patriarcas, los bienaventurados y los mártires, con sus miembros de hierro y sus emblemáticos atributos, parecerían santificarle con su presencia. Dos guerreros inmóviles y vestidos de su fantástica y blanca armadura velarían día y noche de hinojos a sus costados; y mientras que mi estatua de alabastro riquísimo y transparente, con sus arreos de batallar, su espada sobre el pecho y un león a los pies, dormiría majestuosa sobre el túmulo, los ángeles que envueltos en largas túnicas y con un dedo en los labios sostuviesen el cojín sobre que descansaba mi cabeza, parecerían que llamaban con sus plegarias a las santas visiones de oro que llenan el desconocido sueño de la muerte de los justos, defendiéndome con sus alas de los terrores y las angustias de una pesadilla eterna.

En los huecos de la urna y entre un sinnúmero de arcos con caireles y grumos de hojas de trébol, rosetas caladas, haces de columnillas y esas largas procesiones de plañideras que, envueltas en sus mantos de piedra, andan, al parecer, en torno del monumento llorando con llanto sin gemidos, se verían mis escudos triangulares soportados por reyes de armas con sus birretes y sus blasonadas casullas, y en los cuarteles realzados con vivos colores, merced a un hábil iluminador, las bandas de oro, las estrellas, los versos y los motes heráldicos con una larga inscripción en esa letra gótica, estrecha y puntiaguda, donde el curioso lleno de hondo respeto leería con pena y casi descifrándolos, mi nombre, mis títulos y mi gloria. Allí rodeado de esa atmósfera de majestad que envuelve a todo lo grande, sin que turbara mi reposo más que el agudo chillido de una de esas aves nocturnas de ojos redondos y fosfóricos, que acaso viniera a anidar entre los huecos del arco, viviría todo lo que vive un recuerdo histórico y glorioso unido a una magnífica obra de arte; y en la noche, cuando un furtivo rayo de luna dibujase en el pavimento del claustro los severos perfiles de las ojivas; cuando solo se oyesen los gemidos del aire extendiéndose de eco en eco por sus inmensas bóvedas; después de haberse perdido la última vibración de la campana que toca la queda, mi estatua, en la que habría algo de lo que yo fui, un poco de ese soplo que anima el barro encadenado por un fenómeno incomprensible al granito, ¡quién sabe si se levantaría de su lecho de piedra para discurrir por entre aquellas gigantes arcadas con los otros guerreros que tendrían su sepultura por allí cerca, con los prelados revestidos de sus capas pluviales y sus mitras, y esas damas de largo brial y plegados monjiles que, hermosas aun en la muerte, duermen sobre las urnas de mármol en los más oscuros ángulos de los templos...!

Desde que impresionada la imaginación por la vaga melancolía o la imponente hermosura de un lugar cualquiera, se lanzaba a construir con fantásticos materiales uno de esos poéticos recintos, último albergue de mis mortales despojos, hasta el punto aquel en que, sentado al pie de la humilde tapia del cementerio de una aldea oscura, parecía como que se reposaba mi espíritu en su honda calma y se abrían mis ojos a la luz de la realidad de las cosas, ¡qué revolución tan radical y profunda no se ha hecho en todas mis ideas! ¡Cuántas tempestades silenciosas no han pasado por mi frente; cuántas ilusiones no se han secado en mi alma; a cuántas historias de poesía no les he hallado una repugnante vulgaridad en el último capítulo! Mi corazón, a semejanza de nuestro globo, era como una masa incandescente y líquida que poco a poco se va enfriando y endureciendo. Todavía queda algo que arde allá en lo más profundo, pero rara vez sale a la superficie. Las palabras amor, gloria, poesía, no me suenan al oído como me sonaban antes. ¡Vivir!... Seguramente que deseo vivir, porque la vida, tomándola tal como es, sin exageraciones ni engaños, no es tan mala como dicen algunos; pero vivir oscuro y dichoso en cuanto es posible, sin deseos, sin inquietudes, sin ambiciones, con esa felicidad de la planta que tiene a la mañana su gota de rocío y su rayo de sol; después un poco de tierra echada con respeto y que no apisonen y pateen los que sepultan por oficio; un poco de tierra blanda y floja que no ahogue ni oprima; cuatro ortigas, un cardo silvestre y alguna yerba que me cubra con su manto de raíces, y por último, un tapial que sirva para que no aren en aquel sitio ni revuelvan los huesos.

He aquí hoy por hoy todo lo que ambiciono. Ser un comparsa en la inmensa comedia de la humanidad; y concluido mi papel de hacer bulto, meterme entre bastidores sin que me silben ni me aplaudan, sin que nadie se aperciba siquiera de mi salida.

No obstante esta profunda indiferencia, se me resiste el pensar que podrían meterme preso en un ataúd formado con las cuatro tablas de un cajón de azúcar, en uno de los huecos de la estantería de una sacramental, para esperar allí la trompeta del juicio como empapelado, detrás de una lápida con una redondilla elogiando mis virtudes domésticas e indicando precisamente el día y la hora de mi nacimiento y de mi muerte. Esta profunda e instintiva preocupación ha sobrevivido, no sin asombro por mi parte, a casi todas las que he ido abandonando en el curso de mi vida; pero al paso que voy, probablemente mañana no existirá tampoco; y entonces me será tan igual que me coloquen debajo de una pirámide egipcia como que me aten una cuerda a los pies y me echen a un barranco como un perro.

Ello es que cada día me voy convenciendo más que de lo que vale, de lo que es algo, no ha de quedar ni un átomo aquí.

CARTA CUARTA

Queridos amigos:

El tiempo, que hasta aquí se mantenía revuelto y mudable, ha sufrido últimamente una nueva e inesperada variación, cosa, a la verdad, poco extraña a estas alturas, donde la proximidad del Moncayo nos tiene de continuo como a los espectadores de una comedia de magia, embobados y suspensos con el rápido mudar de las decoraciones y las escenas. A las alternativas de frío y calor, de aires y de bochorno de una primavera, que en cuanto a desigual y caprichosa, nada tiene que envidiar a la que disfrutan ustedes en la coronada villa, ha sucedido un tiempo constante, sereno y templado. Merced a estas circunstancias y a encontrarme bastante mejor de las dolencias que, cuando no me imposibilitan del todo, me quitan por lo menos el gusto para las largas expediciones, he podido dar una gran vuelta por estos contornos y visitar los pintorescos lugares del Somontano. Fuera de camino, ya trepando de roca en roca, ya siguiendo el curso de una huella o las profundidades de una cañada, he vagado tres o cuatro días de un punto a otro por donde me llamaban el atractivo de la novedad, un sitio inexplorado, una senda accidentada, una punta al parecer inaccesible.

No pueden ustedes figurarse el botín de ideas e impresiones que, para enriquecer la imaginación, he recogido en esta vuelta por un país virgen aún y refractario a las innovaciones civilizadoras. Al volver al monasterio, después de haberme detenido aquí para recoger una tradición oscura de boca de una aldeana, allá para apuntar los fabulosos datos sobre el origen de un lugar o la fundación de un castillo, trazar ligeramente con el lápiz el contorno de una casuca medio árabe, medio bizantina, un recuerdo de las costumbres, o un tipo perfecto de los habitantes, no he podido menos de recordar el antiguo y manoseado símil de las abejas que andan revoloteando de flor en flor y vuelven a su colmena cargadas de miel. Los escritores y los artistas debían hacer con frecuencia algo de esto mismo. Solo así podríamos recoger la última palabra de una época que se va, de la que solo quedan hoy algunos rastros en los más apartados rincones de nuestras provincias, y de la que apenas restará mañana un recuerdo confuso.

Yo tengo fe en el porvenir: me complazco en asistir mentalmente a esa inmensa e irresistible invasión de las nuevas ideas que van transformando poco a poco la faz de la humanidad, que merced a sus extraordinarias invenciones fomentan el comercio de la inteligencia, estrechan el vínculo de los países, fortificando el espíritu de las grandes nacionalidades, y borrando, por decirlo así, las preocupaciones y las distancias, hacen caer unas tras otras las barreras que separan a los pueblos. No obstante, sea cuestión de poesía, sea que es inherente a la naturaleza frágil del hombre simpatizar con lo que perece y volver los ojos con cierta triste complacencia hasta lo que ya no existe, ello es que en el fondo de mi alma consagro, como una especie de culto, una veneración profunda por todo lo que pertenece al pasado, y las poéticas tradiciones, las derruidas fortalezas, los antiguos usos de nuestra vieja España tienen para mí todo ese indefinible encanto, esa vaguedad misteriosa de la puesta del sol en un día espléndido, cuyas horas, llenas de emociones, vuelven a pasar por la memoria vestidas de colores y de luz, antes de sepultarse en las tinieblas en que se han de perder para siempre.

Cuando no se conocen ciertos períodos de la historia más que por la incompleta y descarnada relación de los enciclopedistas, o por algunos restos diseminados como los huesos de un cadáver, no pudiendo apreciar ciertas figuras desasidas del verdadero fondo del cuadro en que estaban colocadas, suele juzgarse de todo lo que fue con un sentimiento de desdeñosa lástima o un espíritu de aversión intransigente; pero si se penetra, merced a un estudio concienzudo, en algunos de sus misterios, si se ven los resortes de aquella gran máquina que hoy juzgamos absurda al encontrarla rota, si merced a un supremo esfuerzo de la fantasía ayudada por la erudición y el conocimiento de la época, se consigue condensar en la mente algo de aquella atmósfera de arte, de entusiasmo, de virilidad y de fe, el ánimo se siente sobrecogido ante el espectáculo de su múltiple organización, en que las partes relacionadas entre sí correspondían perfectamente al todo, y en que los usos, las leyes, las ideas y las aspiraciones se encontraban en una armonía maravillosa. No es esto decir que yo desee para mí ni para nadie la vuelta de aquellos tiempos. Lo que ha sido no tiene razón de ser nuevamente, y no será.

Lo único que yo desearía es un poco de respetuosa atención para aquellas edades, un poco de justicia para los que lentamente vinieron preparando el camino por donde hemos llegado hasta aquí, y cuya obra colosal quedará acaso olvidada por nuestra ingratitud e incuria. La misma certeza que tengo de que nada de lo que desapareció ha de volver, y que en la lucha de las ideas las nuevas han herido de muerte a las antiguas, me hace mirar a cuanto con ellas se relaciona con algo de esa piedad que siente hacia el vencido un vencedor generoso. En este sentimiento hay también un poco de egoísmo. La vida de una nación, a semejanza de la del hombre, parece como que se dilata con la memoria de las cosas que fueron, y a medida que es más viva y más completa su imagen, es más real esa segunda existencia del espíritu en el pasado, existencia preferible y más positiva tal vez que la del punto presente. Ni de lo que está siendo ni de lo que será, puede aprovecharse la inteligencia para sus altas especulaciones: ¿qué nos resta, pues, de nuestro dominio absoluto, sino la sombra de lo que ha sido? Por eso, al contemplar los destrozos causados por la ignorancia, el vandalismo o la envidia durante nuestras últimas guerras; al ver todo lo que en objetos dignos de estimación, en costumbres peculiares y primitivos recuerdos de otras épocas se ha extraviado y puesto en desuso de sesenta años a esta parte; lo que las exigencias de la nueva manera de ser social trastorna y desencaja; lo que las necesidades y las aspiraciones crecientes desechan u olvidan, un sentimiento de profundo dolor se apodera de mi alma, y no puedo menos de culpar el descuido o el desdén de los que a fines del siglo pasado pudieron aún recoger para transmitírnoslas íntegras las últimas palabras de la tradición nacional, estudiando detenidamente nuestra vieja España, cuando aún estaban de pie los monumentos testigos de sus glorias, cuando aún en las costumbres y en la vida interna quedaban huellas perceptibles de su carácter.

Pero de esto nada nos queda ya hoy; y sin embargo, ¿quién sabe si nuestros hijos a su vez nos envidiarán a nosotros, doliéndose de nuestra ignorancia o nuestra culpable apatía para transmitirles siquiera un trasunto de lo que fue un tiempo su patria? ¿Quién sabe si cuando, con los años, todo haya desaparecido, tendrán las futuras generaciones que contentarse y satisfacer su ansia de conocer el pasado con las ideas más o menos aproximadas de algún nuevo Cuvier de la arqueología, que, partiendo de algún mutilado resto o una vaga tradición, lo reconstruya hipotéticamente? Porque no hay duda: el prosaico rasero de la civilización va igualándolo todo. Un irresistible y misterioso impulso tiende a unificar los pueblos con los pueblos, las provincias con las provincias, las naciones con las naciones, y quién sabe si las razas con las razas. A medida que la palabra vuela por los hilos telegráficos, que el ferrocarril se extiende, la industria se acrecienta y el espíritu cosmopolita de la civilización invade nuestro país, van desapareciendo de él sus rasgos característicos, sus costumbres inmemoriales sus trajes pintorescos y sus rancias ideas. A la inflexible línea recta, sueño dorado de todas las poblaciones de alguna importancia, se sacrifican las caprichosas revueltas de nuestros barrios moriscos, tan llenos de carácter, de misterio y de fresca sombra; de un retablo al que vivía unida una tradición, no queda aquí más que el nombre escrito en el azulejo de una bocacalle; a un palacio histórico, con sus arcos redondos y sus muros blasonados, sustituye más allá una manzana de casas a la moderna; las ciudades, no cabiendo ya dentro de su antiguo perímetro, rompen el cinturón de fortalezas que las ciñe, y unas tras otras vienen al suelo las murallas fenicias, romanas, godas o árabes.

¿Dónde están los canceles y las celosías morunas? ¿Dónde los pasillos embovedados, los aleros salientes de maderas labradas, los balcones con su guardapolvo triangular, las ojivas con estrellas de vidrio, los muros de los jardines por donde rebosa la verdura, las encrucijadas medrosas, los carasoles de las tahurerías y los espaciosos atrios de los templos? El albañil armado de su implacable piqueta arrasa los ángulos caprichosos, tira los puntiagudos tejados o demuele los moriscos miradores, y mientras el brochista roba a los muros el artístico color que le han dado los siglos, embadurnándolos de cal y almagra, el arquitecto los embellece a su modo con carteles de yeso y cariátides de escayola, dejándolos más vistosos que una caja de dulces franceses. No busquéis ya los cosos donde justaban los galanes, las piadosas ermitas albergue de los peregrinos, o el castillo hospitalario para el que llamaba de paz a sus puertas. Las almenas caen unas tras otras de lo alto de los muros, y van cegando los fosos; de la picota feudal solo queda un trozo de granito informe, y el arado abre un profundo surco en el patio de armas. El traje característico del labriego comienza a parecer un disfraz fuera del rincón de su provincia; las fiestas peculiares de cada población comienzan a encontrarse ridículas o de mal gusto por los más ilustrados, y los antiguos usos caen en olvido, la tradición se rompe y todo lo que no es nuevo se menosprecia.

Estas innovaciones tienen su razón de ser, y por tanto no seré yo quien las anatematice. Aunque me entristece el espectáculo de esa progresiva destrucción de cuanto trae a la memoria tiempos que, si en efecto no lo fueron solo por no existir, ya nos parecen mejores, yo dejaría al tiempo seguir su curso y completar sus inevitables revoluciones, como dejamos a nuestras mujeres o a nuestras hijas que arrinconen en un desván los trastos viejos de nuestros padres para sustituirlos con muebles modernos y de más buen tono; pero ya que ha llegado la hora de la gran transformación, ya que la sociedad animada de un nuevo espíritu se apresura a revestirse de una nueva forma, debíamos guardar, merced al esfuerzo de nuestros escritores y nuestros artistas, la imagen de todo eso que va a desaparecer, como se guarda después que muere el retrato de una persona querida. Mañana, al verlo todo constituido de una manera diversa, al saber que nada de lo que existe existía hace algunos siglos, se preguntarán los que vengan detrás de nosotros de qué modo vivían sus padres, y nadie sabrá responderles; y no conociendo ciertos pormenores de localidad, ciertas costumbres al influjo de determinadas ideas en el espíritu de una generación, que tan perfectamente reflejan sus adelantos y sus aspiraciones, leerán la historia sin sabérsela explicar, y verán moverse a nuestros héroes nacionales con la estupefacción con que los muchachos ven moverse una marioneta sin saber los resortes a que obedece.

A mí me hace gracia observar cómo se afanan los sabios, qué grandes cuestiones enredan, y con qué exquisita diligencia se procuran los datos acerca de las más insignificantes particularidades de la vida doméstica de los egipcios o los griegos, en tanto que se ignoran los más curiosos pormenores de nuestras costumbres propias; cómo se remontan y se pierden de inducción en inducción, por entre el laberinto de las lenguas caldaicas, sajonas o sánscritas, en busca del origen de las palabras, en tanto que se olvidan de investigar algo más interesante: el origen de las ideas.

En otros países más adelantados que el nuestro, y donde, por consiguiente, el ansia de las innovaciones lo ha trastornado todo más profundamente, se deja ya sentir la reacción en sentido favorable a este género de estudios; y aunque tarde, para que sus trabajos den el fruto que se debió esperar, la Edad Media y los períodos históricos que más de cerca se encadenan con el momento actual, comienzan a ser estudiados y comprendidos. Nosotros esperaremos regularmente a que se haya borrado la última huella para empezar a buscarla. Los esfuerzos aislados de algún que otro admirador de esas cosas, poco o casi nada pueden hacer. Nuestros viajeros son en muy corto número y, por lo regular, no es su país el campo de sus observaciones. Aunque así no fuese, una excursión por las capitales, hoy que en su gran mayoría están ligadas con la gran red de vías férreas, escasamente lograría llenar el objeto de los que desean hacer un estudio de esta índole. Es preciso salir de los caminos trillados, vagar al acaso de un lugar en otro, dormir medianamente, y no comer mejor; es preciso fe y verdadero entusiasmo por la idea que se persigue para ir a buscar los tipos originales, las costumbres primitivas y los puntos verdaderamente artísticos a los rincones donde su oscuridad les sirve de salvaguardia, y de donde poco a poco los va desalojando la invasora corriente de la novedad y los adelantos de la civilización. Todos los días vemos a los gobiernos emplear grandes sumas en enviar gentes que, no sin peligros y dificultades, recogen en lejanos países bichitos, florecitas y conchas.

Porque yo no sea un sabio ni mucho menos, no dejo de conocer la verdadera importancia que tienen las ciencias naturales; pero la ciencia moral, ¿por qué ha de dejarse en un inexplicable abandono? ¿Por qué al mismo tiempo que se recogen los huesos de un animal antediluviano, no se han de recoger las ideas de otros siglos traducidas en objetos de arte y usos extraños, diseminados acá y allá como los fragmentos de un coloso hecho mil pedazos? Este inmenso botín de impresiones de pequeños detalles, de joyas extraviadas, de trajes pintorescos, de costumbres características animadas y revestidas de esa vida que presta a cuanto toca una pluma inteligente o un lápiz diestro, ¿no creen ustedes como yo que serían de grande utilidad para los estudios particulares y verdaderamente filosóficos de un período cualquiera de la historia? Verdad que nuestro fuerte no es la historia. Si algo hemos de saber en este punto, casi siempre se ha de tomar algún extranjero el trabajo de decírnoslo del modo que a él mejor le parece. Pero ¿por qué no se ha de abrir este ancho campo a nuestros escritores, facilitándoles el estudio y despertando y fomentando su afición? Hartos estamos de ver en obras dramáticas, en novelas que se llaman históricas y cuadros que llenan nuestras exposiciones, asuntos localizados en este o el otro período de un siglo cualquiera, y que cuando más tienen de ellos un carácter muy dudoso y susceptible de severa crítica, si los críticos a su vez, no supieran en este punto lo mismo o menos que los autores y artistas a quienes han de juzgar.

Las colecciones de trajes y muebles de otros países, los detalles que acerca de costumbres de remotos tiempos se hallan en las novelas de otras naciones, o lo poco o mucho que nuestros pensionados aprenden relativo a otros tipos históricos y otros pasados, nunca son idénticos ni tienen un sello especial; son las únicas fuentes donde bebe su erudición y forma su conciencia artística la mayoría. Para remediar este mal, muchos medios podrían proponerse más o menos eficaces, pero que al fin darían algún resultado ventajoso. No es mi ánimo, ni he pensado lo suficiente sobre la materia para hacerlo, el trazar un plan detallado y minucioso que, como la mayor parte de los que se trazan, no llegue a realizarse nunca. No obstante, en esta o en la otra forma, bien pensionándolos, bien adquiriendo sus estudios o coadyuvando a que se diesen a luz, el gobierno debía fomentar la organización periódica de algunas expediciones artísticas a nuestras provincias. Estas expediciones, compuestas de grupos de un pintor, un arquitecto y un literato, seguramente recogerían preciosos materiales para obras de grande entidad. Unos y otros se ayudarían en sus observaciones mutuamente, ganarían en esa fraternidad artística, en ese comercio de ideas tan continuamente relacionadas entre sí, y sus trabajos reunidos serían un verdadero arsenal de datos, ideas y descripciones útiles para todo género de estudios.

Además de la ventaja inmediata que reportaría esta especie de inventario artístico e histórico de todos los restos de nuestra pasada grandeza, ¿qué inmensos frutos no daría más tarde esa semilla de impresiones, de enseñanza y de poesía, arrojada en el alma de la generación joven, donde iría germinando para desarrollarse tal vez en el porvenir? Ya que el impulso de nuestra civilización, de nuestras costumbres, de nuestras artes y de nuestra literatura viene del extranjero, ¿por qué no se ha de procurar modificarlo poco a poco, haciéndolo más propio y más característico con esa levadura nacional?

***

Como introducción al rápido bosquejo de uno de esos tipos originales de nuestro país que he podido estudiar en mis últimas correrías, comencé a apuntar de pasada, y a manera de introducción, algunas reflexiones acerca de la utilidad de este género de estudios. Sin saber cómo ni por dónde la pluma ha ido corriendo y me hallo ahora con que para introducción es esto muy largo, si bien ni por sus dimensiones y su interés parece bastante para formar artículo de por sí. De todos modos, allá van esas cuartillas, valgan por lo que valieren: que si alguien de más conocimientos e importancia, una vez apuntada la idea, la desarrolla y prepara la opinión para que fructifique, no serán perdidas del todo. Yo, entre tanto, voy a trazar un tipo bastante original, y que desconfío de poder reproducir. Ya que no de otro modo, y aunque poco valga, contribuiré al éxito de la predicación con el ejemplo.

CARTA QUINTA

Queridos amigos:

Entre los muchos sitios pintorescos y llenos de carácter que se encuentran en la antigua ciudad de Tarazona, la plaza del Mercado es sin duda alguna el más original y digno de estudio. Parece que no ha pasado para ella el tiempo, que todo lo destruye o altera. Al encontrarse en mitad de aquel espacio de forma irregular y cerrado por lienzos de edificios a cuál más caprichosos y vetustos, nadie diría que nos hallamos en pleno siglo XIX, siglo amante de la novedad por excelencia, siglo aficionado hasta la exageración a lo flamante, lo limpio y lo uniforme. Hay cosas que son más para vistas que para trasladadas al lienzo, siquiera el que lo intente sea un artista consumado, y esta plaza es una de ellas. A donde no alcanza, pues, ni la paleta del pintor con sus infinitos recursos, ¿cómo podrá llegar mi pluma, sin más medios que la palabra, tan pobre, tan insuficiente para dar idea de lo que es todo un efecto de líneas, de claroscuro, de combinación de colores, de detalles que se ofrecen juntos a la vista, de rumores y sonidos que se perciben a la vez, de grupos que se forman y se deshacen, de movimiento que no cesa, de luz que hiere, de ruido que aturde, de vida, en fin, con sus múltiples manifestaciones, imposibles de sorprender con sus infinitos accidentes ni merced a la cámara fotográfica? Cuando se acomete la difícil empresa de descomponer esa extraña armonía de la forma, el color y el sonido; cuando se intenta dar a conocer sus pormenores, enumerando unas tras otras las partes del todo, la atención se fatiga, el discurso se embrolla y se pierde por completo la idea de la íntima relación que estas cosas tienen entre sí, el valor que mutuamente se prestan al ofrecerse reunidas a la mirada del espectador, para hacer el efecto del conjunto, que es, a no dudarlo, su mayor atractivo.

Renuncio, pues, a describir el panorama del mercado con sus extensos soportales, formados de arcos macizos y redondos, sobre los que gravitan esas construcciones voladas tan propias del siglo XVI, llenas de tragaluces circulares, de rejas de hierro labradas a martillo, de balcones imposibles de todas formas y tamaños, de aleros puntiagudos y de canes de madera, ya medio podrida y cubierta de polvo, que deja ver a trechos el costoso entalle, muestra de su primitivo esplendor.

Los mil y mil accidentes pintorescos que a la vez cautivan al ánimo y llaman la vista como reclamando la prioridad de la descripción; las dobles hileras de casuquillas de extraño contorno y extravagantes proporciones, estas altas y estrechas como un castillo, aquellas chatas y agazapadas entre el ángulo de un templo y los muros de un palacio como una verruga de argamasa y escombros; los recortados lienzos de edificios con un remiendo moderno, un trozo de piedra que acusa su antigüedad, un escudo de pizarra que oculta casi el rótulo de una mercería, un retablillo con una imagen de la Purísima y su farol ahumado y diminuto, o el retorcido tronco de una vid que sale del interior por un agujero practicado en la pared y sube hasta sombrear con un toldo de verdura el alféizar de un ajimez árabe, confundidos y entremezclados en mi memoria con el recuerdo de la monumental fachada de la casa-ayuntamiento, con sus figuras colosales de granito, sus molduras de hojarasca, sus frisos por donde se extiende una larga y muda procesión de guerreros de piedra, precedidos de timbales y clarines, sus torres cónicas, sus arcos chatos y fuertes, y sus blasones soportados por ángeles y grifos rampantes, forman en mi cabeza un caos tan difícil de desembrollar en este momento que, si ustedes con su imaginación no hacen en él la luz y lo ordenan y colocan a su gusto todas estas cosas que yo arrojo a granel sobre las cuartillas, las figuras de mi cuadro se quedarán sin fondo, los actores de mi comedia se agitarán en un escenario sin decoración ni acompañamiento.

Figúrense ustedes, pues, partiendo de estos datos y como mejor les plazca, el mercado de Tarazona: figúrense ustedes que ven por aquí cajones formados de tablas y esteras, tenduchos levantados de improviso, con estacas y lienzos, mesillas cojas y contrahechas, bancos largos y oscuros, y por allá cestos de fruta que ruedan hasta el arroyo, montones de hortalizas frescas y verdes, rimeros de panes blancos y rubios, trozos de carne que cuelgan de garfios de hierro, tenderetes de ollas, pucheros y platos, guirnaldas de telas de colorines, pañuelos de tintas rabiosas, zapatos de cordobán y alpargatas de cáñamo que engalanan los soportales, sujetos con cordeles de columna a columna, y figúrense ustedes circulando por medio de ese pintoresco cúmulo de objetos, producto de la atrasada agricultura y la pobre industria de este rincón de España, una multitud abigarrada de gentes que van y vienen en todas direcciones, paisanos con sus mantas de rayas, sus pañuelos rojos unidos a las sienes, su faja morada y su calzón estrecho, mujeres de los lugares circunvecinos con sayas azules, verdes, encarnadas y amarillas; por este lado, un señor antiguo, de los que ya solo aquí se encuentran, con su calzón corto, su media de lana oscura y su sombrero de copa; por aquel, un estudiante con sus manteos y su tricornio, que recuerdan los buenos tiempos de Salamanca, y chiquillos que corren y vocean, caballerías que cruzan, vendedores que pregonan, una interjección característica por acá, los desaforados gritos de los que disputan y riñen, todo envuelto y confundido con ese rumor sin nombre que se escapa de las reuniones populares, donde todos hablan, se mueven y hacen ruido a la vez, mientras se codean, avanzan, retroceden, empujan o resisten, llevados por el oleaje de la multitud.

La primera vez que tuve ocasión de presenciar este espectáculo lleno de animación y de vida, perdido entre los numerosos grupos que llenaban la plaza de un extremo a otro, apenas pude darme cuenta exacta de lo que sucedía a mi alrededor. La novedad de los tipos, los trajes y las costumbres; el extraño aspecto de los edificios y las tiendecillas, encajonadas unas entre dos pilares de mármol, otras bajo un arco severo e imponente, o levantadas al aire libre sobre tres o cuatro palitroques; hasta el pronunciado y especial acento de los que voceaban pregonando sus mercancías, nuevo completamente para mí, eran causa más que bastante a producirme ese aturdimiento que hace imposible la percepción detallada de un objeto cualquiera. Mis miradas, vagando de un punto a otro sin cesar un momento, no tenían ni voluntad propia para fijarse en un sitio. Así estuve cerca de una hora, cruzando en todos sentidos la plaza, a la que, por ser día de fiesta y uno de los más clásicos de mercado, había acudido más gente que de costumbre, cuando en uno de sus extremos y cerca de una fuente donde unos lavaban las verduras, otros recogían agua en un cacharro o daban de beber a sus caballerías, distinguí un grupo de muchachas que, en su original y airoso atavío, en sus maneras y hasta en su particular modo de expresarse, conocí que serían de alguno de los pueblos de las inmediaciones de Tarazona, donde más puras y primitivas se conservan las antiguas costumbres y ciertos tipos del alto Aragón. En efecto, aquellas muchachas, cuya fisonomía especial, cuya desenvoltura varonil, cuyo lenguaje mezclado de las más enérgicas interjecciones, contrastaba de un modo notable con la expresión de ingenua sencillez de sus rostros, con su extremada juventud y la inocencia que descubren a través del somero barniz de malicia de su alegre dicharacheo, se distinguían tanto de las otras mujeres de las aldeas y lugares de los contornos que, como ellas, vienen al mercado de la ciudad, que desde luego se despertó en mí la idea de hacer un estudio más detenido de sus costumbres, enterándome del punto de que procedían y el género de tráfico en que se ocupaban.

So pretexto de ajustar una carga de leña de las varias que tenían sobre algunos borriquillos pequeños, huesosos y lanudos, trabé conversación con una de las que me parecieron más juiciosas y formales, mientras las otras nos aturdían con sus voces, sus risotadas o sus chistes, pues es tal la fama de alegres y decidoras que tienen entre las gentes de la ciudad, que no hay seminarista desocupado o zumbón que al pasar no las diga alguna cosa, seguro de que no ha de faltarles una ocurrencia oportuna y picante para responderles.

Mi conversación, en la que por incidencia toqué dos o tres puntos de los que deseaba aclarar, fue por lo tanto todo lo insuficiente que, dadas las condiciones del sitio y de mis interlocutoras, se podía presumir. Supe, no obstante, que eran de Añón, pueblecito que dista unas tres horas de camino de Tarazona, y que en mis paseos alrededor de esta abadía, he tenido ocasión de ver varias veces muy en lontananza y casi oculto por las gigantescas ondulaciones del Moncayo, en cuya áspera falda tiene su asiento, y que su ocupación diaria consistía en ir y venir desde su aldea a la ciudad, donde traían un pequeño comercio con la leña que en gran abundancia les suministran los montes, entre los cuales viven. Estas noticias, aunque vulgares, escasas y unidas a las que después pude adquirir por el dueño del parador en que estuve los dos o tres días que permanecí en Tarazona, en aquella ocasión solo sirvieron para avivar mi deseo de conocer más a fondo las costumbres de este tipo particular de mujeres, en las que desde luego llaman la atención sus rasgos de belleza nada comunes y su aire resuelto y gracioso.

Esto tuvo lugar hará cosa de tres o cuatro meses, en el intervalo de los cuales, todas las mañanas, antes de salir el sol, y confundiéndose con la algarabía de los pájaros, llegaban hasta mi celda, sacándome a veces de mi sueño, las voces alegres y sonoras, aunque un tanto desgarradas, de esas mismas muchachas que, mordiendo un tarugo de pan negro, cantando a grito herido, e interrumpiendo su canción para arrear el borriquillo en que conducen la carga de leña, atraviesan impávidas con fríos y calores, con nieves o tormentas, las tres leguas mortales de precipicios y alturas que hay desde su lugar a Tarazona. Últimamente, como ya dije a ustedes en mi anterior, el tiempo y mis dolencias, poniéndose de acuerdo para dar un punto de reposo, el uno en sus continuas variaciones, y las otras en sus diarias incomodidades, me han permitido satisfacer en parte la curiosidad, visitando los lugares del Somontano, entre los que se encuentra Añón, sin duda alguna el más original por sus costumbres y el más pintoresco por sus alrededores y posición topográfica. En mi corta visita a este lugar, me expliqué perfectamente por qué en el aire y en la fisonomía de las añoneras hay algo de extraordinario, algo que las particulariza y distingue de entre todas las mujeres del país. Sus costumbres, su educación particular y su género de vida son, en efecto, diversas en un todo. Añón, que en otra época perteneció a los caballeros de San Juan, cuya Orden mantiene aún en él un priorato, está situado sobre una altura en el punto en que comienza el áspero bosque de carrascas, que cubren como una sábana de verdura la base del monte.

Cuando lo tenían por sí los caballeros de la Orden hospitalaria, debió ser lugar fuerte y cerrado; hoy solo quedan como testigos de su pasado esplendor las colosales ruinas de un castillo de inmensas proporciones, y algunos lienzos de muro que ya se esconden, ya aparecen por entre los rojizos tejados de las casas que se agrupan en derredor de estos despojos. Cada uno de los pueblos de estas cercanías tiene una reducida llanura propia para el cultivo; solo Añón, encaramado sobre sus rocas, sin tener siquiera el recurso del monte, que ya no le pertenece, sin otras tierras para sembrar que los pequeños remansos que forma una de sus laderas que se degrada en ásperos escalones, necesita apelar a su ingenio y a un trabajo rudo y peligroso para sostenerse. Yo no sabré decir a ustedes si esto proviene de que los hombres se ocupan de muy antiguo en el servicio de los caballeros, por lo cual tenían abandonadas sus casas al dominio de las mujeres, o de otra causa cualquiera que yo no me he podido explicar; ello es que en este pueblo hay algo de lo que nos refieren las fábulas de las amazonas, o de lo que habrán ustedes tenido ocasión de ver en la *Isla de San Balandrán.* No es esto decir que el sexo feo y fuerte deje de serlo tanto cuanto es necesario para justificar ampliamente estos apelativos; pero la población femenina se agita tan en primer término, desempeña un papel tan activo en la vida pública, trabaja y va y viene de un punto a otro con tal resolución y desenfado, que puede asegurarse que ella es la que da el carácter al lugar y la que lo hace conocido y famoso en veinte leguas a la redonda. En la plaza de Tarazona, teatro de sus habilidades, en los caminos que atraviesa cantando, en el monte, a donde va a buscar furtivamente su mercancía, en las fiestas del lugar, en cualquier parte que se encuentre, si una vez se ha visto una añonera, es imposible confundirla con las demás aldeanas.

La escasa comunicación que tienen estos pueblecillos entre sí es el origen de las radicales diferencias que se notan a primera vista entre los habitantes, aun de los más próximos. Dentro del tipo aragonés, que es el general a todos ellos, hay infinitos matices que caracterizan a cada región de la provincia, a cada aldea de por sí. El tipo de las añoneras es uno, con muy leves alteraciones; su traje idéntico; sus costumbres y su índole las mismas siempre.

Más esbeltas que altas, en lo erguido del talle, en el brío con que caminan, en la elasticidad de sus músculos, en la prontitud de todos sus movimientos, revelan la fuerza de que están dotadas y la resolución de su ánimo. Sus facciones, curtidas por el viento y el sol, ofrecen rasgos perfectamente regulares, mezclándose en ellas con extraña armonía la volubilidad y ese no sé qué imposible de definir que constituye la gracia, con esa leve expresión de la osadía que dilata imperceptiblemente la nariz y pliega el labio en ademán desdeñoso. Nada más pintoresco y sencillo a la vez que su traje. Un apretador de colores vivos las ciñe la cintura y deja ver la camisa, blanca como la nieve, que se pliega en derredor del cuello, sobre el que se levanta erguida, morena y varonil, la cabeza coronada de cabellos oscuros y abundantes. Una saya corta, airosa y encarnada o amarilla, les llega justamente hasta el punto de la pierna en que se atan las abarcas con un listón negro, que sube serpenteando sobre la media azul hasta bastante más arriba del tobillo.

Acostumbradas casi desde que nacen a saltar de roca en roca por entre las quebraduras del monte, su pie adquiere esa firmeza peculiar de todos los habitantes de las montañas, hasta el punto de que algunas veces da miedo cuando se las mira atravesar un sendero estrecho que bordea un barranco, emparejadas con el borriquillo que conduce la leña y saltando de una piedra en otra de las que costean el camino. Así andan las leguas, tal vez en ayunas, pero siempre riendo, siempre cantando, siempre de humor para cambiar una cuchufleta con sus compañeros de viaje. Y no haya miedo de que su cabeza vacile al atravesar un sitio peligroso, o su ligero paso se acorte al llegar a lo último de la penosa jornada; su vista tiene algo de la fijeza y la intensidad de la del águila, acaso porque como ella se ha acostumbrado a medir indiferente los abismos; sus miembros, endurecidos con la costumbre del trabajo, soportan las fatigas más rudas sin que el cansancio los entorpezca un instante.

Solo de este modo les es posible vivir en medio de la miseria que las agobia. Cuando la noche es más oscura; cuando la nieve borra hasta las lindes de los senderos; cuando supone que los guardas de los montes del estado no se atreverán a aventurarse por aquellas brechas profundas y aquellos bosques de árboles intrincados y sombríos, entonces la añonera, desafiando todos los peligros, adivinando las sendas, sufriendo el temporal, escuchando por uno y otro lado los aullidos de los lobos, sale furtivamente de su lugar. Más bien que baja, puede decirse que se descuelga de roca en roca hasta el último valle que lo separa del Moncayo; armada del hacha penetra en el laberinto de carrascas oscuras, a cuyo pie nacen espinos y zarzas en montón, y descargando rudos golpes con una fuerza y una agilidad inconcebibles, hace su acopio de leña, que después oculta para conducirla poco a poco, primero a su casa y más tarde a Tarazona, donde recibe por su trabajo material, por los peligros que afronta y las fatigas que sufre, seis o siete reales a lo sumo. Francamente hablando, hay en este mundo desigualdades que asustan.

¿Quién puede sospechar que a la misma hora en que nuestras grandes damas de la corte se agrupan en el peristilo del teatro Real, envueltas en sus calientes y vistosos albornoces, y esperan el carruaje que ha de conducirlas sobre blandos almohadones de seda a su palacio, otras mujeres, hermosas quizás como ellas, como ellas débiles al nacer, sacuden de cuando en cuando la cabeza de un lado a otro para desparcir la nieve que se les amontona encima, en tanto que rodeadas de oscuridad profunda, de peligros y de sobresaltos, hacen resonar el bosque con el crujido de los troncos que caen derribados a los golpes del hacha?

Grandes, inmensas desigualdades existen, no cabe duda; pero también es cierto que todas tienen su compensación. Yo he visto levantarse agitado y dejar escapar un comprimido sollozo a más de un pecho cubierto de leve gasa y seda; yo he visto más de una altiva frente inclinarse triste y sin color como agobiada bajo el peso de su espléndida diadema de pedrería; en cambio, hoy como ayer, sigue despertándome el alegre canto de las añoneras que pasan por delante de las puertas del monasterio para dirigirse a Tarazona; mañana como hoy, si salgo al camino o voy a buscarlas al mercado, las encontraré riendo y en continua broma, felices con sus seis reales, satisfechas, porque llevarán un pan negro a su familia, ufanas con la satisfacción de que a ellas se deben la burda saya que visten y el bocado de pan que comen.

Dios, aunque invisible, tiene siempre una mano tendida para levantar por un extremo la carga que abruma al pobre. Si no, ¿quién subiría la áspera cumbre de la vida con el pesado fardo de la miseria al hombro?

CARTA SEXTA

Queridos amigos:

Hará cosa de dos o tres años, tal vez leerían ustedes en los periódicos de Zaragoza la relación de un crimen que tuvo lugar en uno de los pueblecillos de estos contornos. Tratábase del asesinato de una pobre vieja a quien sus convecinos acusaban de bruja. Últimamente, y por una coincidencia extraña, he tenido ocasión de conocer los detalles y la historia circunstanciada de un hecho que se comprende apenas, en mitad de un siglo tan despreocupado como el nuestro.

Ya estaba para acabar el día. El cielo, que desde el amanecer se mantuvo cubierto y nebuloso, comenzaba a ensombrecerse a medida que el sol, que antes transparentaba su luz a través de las nieblas, iba debilitándose, cuando, con la esperanza de ver su famoso castillo como término y remate de mi artística expedición, dejé a Litago para encaminarme a Trasmoz, pueblo del que me separaba una distancia de tres cuartos de hora por el camino más corto. Como de costumbre, y exponiéndome, a trueque de examinar a mi gusto los parajes más ásperos y accidentados, a las fatigas y la incomodidad de perder el camino por entre aquellas zarzas y peñascales, tomé el más difícil, el más dudoso y más largo, y lo perdí, en efecto, a pesar de las minuciosas instrucciones de que me pertreché a la salida del lugar.

Ya enzarzado en lo más espeso y fragoso del monte, llevando del diestro la caballería por entre sendas casi impracticables, ora por las cumbres para descubrir la salida del laberinto, ora por las honduras con la idea de cortar terreno, anduve vagando al azar un buen espacio de tarde, hasta que, por último, en el fondo de una cortadura tropecé a un pastor, el cual abrevaba su ganado en el riachuelo que, después de deslizarse sobre un cauce de piedras de mil colores, salta y se retuerce allí con un ruido particular que se oye a gran distancia, en medio del profundo silencio de la naturaleza que en aquel punto y a aquella hora parece muda o dormida.

Pregunté al pastor el camino del pueblo, el cual según mis cuentas no debía distar mucho del sitio en que nos encontrábamos, pues aunque sin senda fija, yo había procurado adelantar siempre en la dirección en que me habían indicado. Satisfizo el buen hombre mi pregunta lo mejor que pudo, y ya me disponía a proseguir mi azarosa jornada, subiendo con pies y manos y tirando de la caballería como Dios me daba a entender por entre unos pedruscos erizados de matorrales y puntas, cuando el pastor, que me veía subir desde lejos, me dio una gran voz advirtiéndome que no tomara la *senda de la tía Casca*, si quería llegar sano y salvo a la cumbre. La verdad era que el camino, que equivocadamente había tomado, se hacía cada vez más áspero y difícil, y que por una parte la sombra que ya arrojaban las altísimas rocas, que parecían suspendidas sobre mi cabeza, y por otra parte el ruido vertiginoso del agua que corría profunda a mis pies y de la que comenzaba a elevarse una niebla inquieta y azul, que se extendía por la cortadura borrando los objetos y los colores, parecían contribuir a turbar la vista y conmover el ánimo con una sensación de penoso malestar que vulgarmente podría llamarse preludio de miedo. Volví pies atrás, bajé de nuevo hasta donde se encontraba el pastor, y mientras seguíamos juntos por una trocha que se dirigía al pueblo, a donde también iba a pasar la noche mi improvisado guía, no pude menos de preguntarle con alguna insistencia, por qué, aparte de las dificultades que ofrecía el ascenso, era tan peligroso subir a la cumbre por la senda que llamó de la *tía Casca*.

—Porque antes de terminar la senda —me dijo con el tono más natural del mundo— tendríais que costear el precipicio a que cayó la maldita bruja que le da su nombre, y en el cual se cuenta que anda penando el alma que, después de dejar el cuerpo, ni Dios ni el diablo han querido para suya.

—¡Hola! —exclamé entonces como sorprendido, aunque, a decir verdad, ya me esperaba una contestación de esta o parecida clase—. ¿Y en qué diantres se entretiene el alma de esa pobre vieja por estos andurriales?

—En acosar y perseguir a los infelices pastores que se arriesgan por esa parte de monte, ya haciendo ruido entre las matas, como si fuese un lobo, ya dando quejidos lastimeros como de criatura, o acurrucándose en las quiebras de las rocas que están en el fondo del precipicio, desde donde llama con su mano amarilla y seca a los que van por el borde, les clava la mirada de sus ojos de búho, y cuando el vértigo comienza a desvanecer su cabeza, da un gran salto, se les agarra a los pies y pugna hasta despeñarlos en la sima... ¡Ah maldita bruja! —exclamó después de un momento, y tendiendo el puño crispado hacia las rocas, como amenazándola—. ¡Ah!, maldita bruja, muchas hicistes en vida, y ni aun muerta hemos logrado que nos dejes en paz; pero, no haya cuidado, que a ti y a tu endiablada raza de hechiceras os hemos de aplastar una a una, como a víboras.

—Por lo que veo —insistí, después que hubo concluido su extravagante imprecación—, está usted muy al corriente de las fechorías de esa mujer. Por ventura, ¿alcanzó usted a conocerla? Porque no me parece de tanta edad como para haber vivido en el tiempo en que las brujas andaban todavía por el mundo.

Al oír estas palabras el pastor, que caminaba delante de mí para mostrarme la senda, se detuvo un poco, y fijando en los míos sus asombrados ojos, como para conocer si me burlaba, exclamó con un acento de buena fe pasmoso:

—¡Que no le parezco a usted de edad bastante para haberla conocido! Pues, ¿y si yo le dijera que no hace aún tres años cabales que con estos mismos ojos que se ha de comer la tierra, la vi caer por lo alto de ese derrumbadero, dejando en cada uno de los peñascos y de las zarzas un jirón de vestido o de carne, hasta que llegó al fondo, donde se quedó aplastada como un sapo que se coge debajo del pie?

—Entonces —respondí asombrado a mi vez de la credulidad de aquel pobre hombre— daré crédito a lo que usted dice, sin objetar palabra; aunque a mí se me había figurado —añadí, recalcando estas últimas frases para ver el efecto que le hacían— que todo eso de las brujas y los hechizos no eran sino antiguas y absurdas patrañas de las aldeas.

—Eso dicen los señores de la ciudad, porque a ellos no les molestan; y fundados en que todo es puro cuento, echaron a presidio a algunos de los infelices que nos hicieron un bien de caridad a la gente del Somontano, despeñando a esa mala mujer.

—¿Conque no cayó casualmente ella, sino que la hicieron rodar, que quieras que no? ¡A ver, a ver! Cuénteme usted cómo pasó eso, porque debe ser curioso —añadí, mostrando toda la credulidad y el asombro suficiente para que el buen hombre no maliciase que solo quería distraerme un rato, oyendo sus sandeces; pues es de advertir que hasta que no me refirió los pormenores del suceso, no hice memoria de que, en efecto, yo había leído en los periódicos de provincia una cosa semejante. El pastor, convencido por las muestras de interés con que me disponía a escuchar su relato, de que yo no era uno de *esos señores de la ciudad*, dispuesto a tratar de majaderías su historia, levantó la mano en dirección a uno de los picachos de la cumbre, y comenzó así, señalándome una de las rocas que se destacaba oscura e imponente sobre el fondo gris del cielo, que el sol, al ponerse tras las nubes, teñía de algunos cambiantes rojizos.

—¿Ve usted aquel cabezo alto, alto, que parece cortado a pico, y por entre cuyas peñas crecen las aliagas y los zarzales? Me parece que sucedió ayer. Yo estaba algunos doscientos pasos camino atrás de donde nos encontramos en este momento; próximamente sería la misma hora, cuando creí escuchar unos alaridos distantes, y llantos e imprecaciones que se entremezclaban con voces varoniles y coléricas que ya se oían por un lado, ya por otro, como de pastores que persiguen un lobo por entre los zarzales. El sol, según digo, estaba al ponerse, y por detrás de la altura se descubría un jirón del cielo, rojo y encendido como la grana, sobre el que vi aparecer alta, seca y haraposa, semejante a un esqueleto que se escapa de su fosa, envuelto aún en los jirones del sudario, una vieja horrible, en la que conocí a la *tía Casca*. La *tía Casca* era famosa en todos estos contornos, y me bastó distinguir sus greñas blancuzcas que se enredaban alrededor de su frente como culebras, sus formas extravagantes, su cuerpo encorvado y sus brazos disformes, que se destacaban angulosos y oscuros sobre el fondo del fuego del horizonte, para reconocer en ella a la bruja de Trasmoz. Al llegar esta al borde del precipicio, se detuvo un instante, sin saber qué partido tomar. Las voces de los que parecían perseguirla sonaban cada vez más cerca, y de cuando en cuando la veía hacer una contorsión, encogerse o dar un brinco para evitar los cantazos que le arrojaban. Sin duda no traía el bote de sus endiablados untos, porque, a traerlo, seguro que habría atravesado al vuelo la cortadura, dejando a sus perseguidores burlados y jadeantes como lebreles que pierden la pista. ¡Dios no lo quiso así, permitiendo que de una vez pagara todas sus maldades!... Llegaron los mozos que venían en su seguimiento, y la cumbre se coronó de gentes, estos con piedras en las manos, aquellos con garrotes, los de más allá con cuchillos. Entonces comenzó una cosa horrible. La vieja, ¡maldita hipocritona!, viéndose sin huida, se arrojó al suelo, se arrastró por la tierra besando los pies de los unos, abrazándose a las rodillas de los otros, implorando en su ayuda a la Virgen y a los santos, cuyos nombres sonaban en su condenada boca como una blasfemia. Pero los mozos así hacían caso de sus lamentos como yo de la lluvia cuando estoy bajo techado. "Yo soy una pobre vieja que no ha hecho daño a nadie; no tengo hijos ni parientes que me vengan a amparar; ¡perdonadme, tened compasión de mí!", aullaba la bruja; y uno de los mozos, que con la una mano la había asido de las greñas, mientras tenía en la otra la navaja que procuraba abrir con los dientes, le contestaba, rugiendo de cólera: "¡Ah, bruja de Lucifer, ya es tarde para lamentaciones, ya te conocemos todos!". "¡Tú hiciste un mal a mi mulo, que desde entonces no quiso probar bocado y murió de hambre, dejándome en la miseria!", decía uno. "¡Tú has hecho mal de ojo a mi hijo, y lo sacas de la cuna y lo azotas por las noches!", añadía el otro, y cada cual exclamaba por su lado: "¡Tú has echado una suerte a mi hermana!", "¡Tú has ligado a mi novia!", "¡Tú has emponzoñado la yerba!". "¡Tú has embrujado al pueblo entero!".

"Yo permanecía inmóvil en el mismo punto en que me había sorprendido aquel clamoreo infernal, y no acertaba a mover pie ni mano, pendiente del resultado de aquella lucha. La voz de la tía Casca, aguda y estridente, dominaba el tumulto de todas las otras voces que se reunían para acusarla, dándole en el rostro con sus delitos, y siempre gimiendo, siempre sollozando, seguía poniendo a Dios y a los santos patronos del lugar por testigos de su inocencia.

"Por último, viendo perdida toda esperanza, pidió como última merced que la dejasen un instante implorar del cielo, antes de morir, el perdón de sus culpas, y de rodillas al borde de la cortadura como estaba, la vieja inclinó la cabeza, juntó las manos y comenzó a murmurar entre dientes qué sé yo qué imprecaciones ininteligibles; palabras que yo no podía oír por la distancia que me separaba de ella, pero que ni los mismos que estaban a su lado lograron entender. Unos aseguran que hablaba en latín, otros que en una lengua salvaje y desconocida, no faltando quien pudo comprender que en efecto rezaba, aunque diciendo las oraciones al revés, como es costumbre de estas malas mujeres".

En este punto se detuvo el pastor un momento, tendió a su alrededor una mirada y prosiguió así:

—¿Siente usted este profundo silencio que reina en todo el monte, que no suena un guijarro, que no se mueve una hoja, que el aire está inmóvil y pesa sobre los hombros y parece que aplasta? ¿Ve usted esos jirones de niebla oscura que se deslizan poco a poco a lo largo de la inmensa pendiente del Moncayo, como si sus cavidades no bastaran a contenerlos? ¿Los ve usted cómo se adelantan mudos y con lentitud, como una legión aérea que se mueve por un impulso invisible? El mismo silencio de muerte había entonces, el mismo aspecto extraño y temeroso ofrecía la niebla de la tarde, arremolinada en las lejanas cumbres todo el tiempo que duró aquella suspensión angustiosa. Yo, lo confieso con toda franqueza: llegué a tener miedo. ¿Quién sabía si la bruja aprovechaba aquellos instantes para hacer uno de esos terribles conjuros que sacan a los muertos de sus sepulturas, estremecen el fondo de los abismos y traen a la superficie de la tierra, obedientes a sus imprecaciones, hasta a los más rebeldes espíritus infernales? La vieja rezaba, rezaba sin parar; los mozos permanecían en tanto inmóviles cual si estuviesen encadenados por un sortilegio, y las nieblas oscuras seguían avanzando y envolviendo las peñas, en derredor de las cuales fingían mil figuras extrañas como de monstruos deformes, cocodrilos rojos y negros, bultos colosales de mujeres envueltas en paños blancos, y listas largas de vapor que, heridas por la última luz del crepúsculo, semejaban inmensas serpientes de colores. Fija la mirada en aquel fantástico ejército de nubes que parecían correr al asalto de la peña sobre cuyo pico iba a morir la bruja, yo estaba esperando por instantes cuándo se abrían sus senos para abortar a la diabólica multitud de espíritus malignos, comenzando una lucha horrible, al borde del derrumbadero, entre los que estaban allí para hacer justicia en la bruja y los demonios que, en pago de sus muchos servicios, vinieran a ayudarla en aquel amargo trance.

—Y, por fin —exclamé interrumpiendo el animado cuento de mi interlocutor e impaciente ya por conocer el desenlace—, ¿en qué acabó todo ello? ¿Mataron a la vieja? Porque yo creo que por muchos conjuros que recitara la bruja y muchas señales que usted viese en las nubes, y en cuanto le rodeaba, los espíritus malignos se mantendrían quietecitos cada cual en su agujero, sin mezclarse para nada en las cosas de la tierra. ¿No fue así?

—Así fue en efecto. Bien porque en su turbación la bruja no acertara con la fórmula o, lo que yo más creo, por ser viernes, día en que murió Nuestro Señor Jesucristo, y no haber acabado aún las vísperas, durante las que los malos no tienen poder alguno, ello es que, viendo que no concluía nunca con su endiablada monserga, un mozo la dijo que acabase, y levantando en alto el cuchillo, se dispuso a herirla. La vieja entonces, tan humilde, tan hipocritona hasta aquel punto, se puso de pie con un movimiento tan rápido como el de una culebra enroscada a la que se pisa y despliega sus anillos irguiéndose llena de cólera: "¡Oh!, no; ¡no quiero morir, no quiero morir! —decía—; ¡dejadme, u os morderé las manos con que me sujetáis!...".

Pero aún no había pronunciado estas palabras, abalanzándose a sus perseguidores, fuera de sí, con las greñas sueltas, los ojos inyectados en sangre, y la hedionda boca entreabierta y llena de espuma, cuando la oí arrojar un alarido espantoso, llevarse por dos o tres veces las manos al costado, con grande precipitación, mirárselas y volvérselas a mirar maquinalmente, y por último, dando tres o cuatro pasos vacilantes, como si estuviese borracha, la vimos caer al derrumbadero. Uno de los mozos, a quien la bruja hechizó una hermana, la más hermosa, la más buena del lugar, la había herido de muerte en el momento en que sintió que le clavaba en el brazo sus dientes negros y puntiagudos. ¿Pero cree usted que acabó ahí la cosa? Nada menos que eso: la vieja de Lucifer tenía siete vidas como los gatos. Cayó por el derrumbadero, donde a cualquiera otro que se le resbalase un pie no pararía hasta lo más hondo, y ella, sin embargo, tal vez porque el diablo le quitó el golpe o porque los harapos de las sayas la enredaron en los zarzales, quedó suspendida de uno de los picos que erizan la cortadura, barajándose y retorciéndose allí como un reptil colgado por la cola. ¡Dios, cómo blasfemaba! ¡Qué imprecaciones tan horribles salían de su boca! Se estremecían las carnes y se ponían de punta los cabellos solo de oírla... Los mozos seguían desde lo alto todas sus grotescas evoluciones, esperando el instante en que se desgarraría el último jirón de la saya a que estaba sujeta, y rodaría dando tumbos de pico en pico hasta el fondo del barranco; pero ella con el ansia de la muerte y sin cesar de proferir, ora horribles blasfemias, ora palabras santas mezcladas de maldiciones, se enroscaba en derredor de los matorrales; sus dedos largos, huesosos y sangrientos, se agarraban como tenazas a las hendiduras de las rocas, de modo que ayudándose de las rodillas, de los dientes, de los pies y de las manos, quizás hubiese conseguido subir hasta el borde, si algunos de los que la contemplaban y que llegaron a temerlo así, no hubiesen levantado en alto una piedra gruesa, con la que le dieron tal cantazo en el pecho, que piedra y bruja bajaron a la vez saltando de escalón en escalón por entre aquellas puntas calcáreas, afiladas como cuchillos, hasta dar por último en ese arroyo que se ve en lo más profundo del valle... Una vez allí, la bruja permaneció un largo rato inmóvil, con la cara hundida entre el légamo y el fango del arroyo que corría enrojecido con la sangre; después poco a poco comenzó como a volver en sí y a agitarse convulsivamente. El agua cenagosa y sangrienta saltaba en derredor batida por sus manos, que de vez en cuando se levantaban en el aire crispadas y horribles, no sé si implorando piedad, o amenazando aun en las últimas ansias... Así estuvo algún tiempo removiéndose y queriendo inútilmente sacar la cabeza fuera de la corriente buscando un poco de aire, hasta que al fin se desplomó muerta; muerta del todo, pues los que la habíamos visto caer y conocíamos de lo que es capaz una hechicera tan astuta como la *tía Casca* no apartamos de ella los ojos hasta que, completamente entrada la noche, la oscuridad nos impidió distinguirla, y en todo este tiempo no movió pie ni mano; de modo que si la herida y los golpes no fueron bastantes a acabarla, es seguro que se ahogó en el riachuelo cuyas aguas tantas veces había embrujado en vida para hacer morir nuestras reses. "¡Quien en mal anda, en mal acaba!", exclamamos después de mirar una última vez al fondo oscuro del despeñadero; y santiguándonos santamente y pidiendo a Dios nos ayudase en todas las ocasiones, como en aquella, contra el diablo y los suyos, emprendimos con bastante despacio la vuelta al pueblo, en cuya desvencijada torre las campanas llamaban a la oración a los vecinos devotos.

Cuando el pastor terminó su relato, llegábamos precisamente a la cumbre más cercana al pueblo, desde donde se ofreció a mi vista el castillo oscuro e imponente con su alta torre del homenaje, de la que solo queda en pie un lienzo de muro con dos saeteras, que transparentaban la luz y parecían los ojos de un fantasma. En aquel castillo, que tiene por cimiento la pizarra negra de que está formado el monte, y cuyas vetustas murallas, hechas de pedruscos enormes, parecen obra de titanes, es fama que las brujas de los contornos tienen sus nocturnos conciliábulos.

La noche había cerrado ya, sombría y nebulosa. La luna se dejaba ver a intervalos por entre los jirones de las nubes que volaban en derredor nuestro, rozando casi con la tierra, y las campanas de Trasmoz dejaban oír lentamente el toque de oraciones, como al final de la horrible historia que me acababan de referir.

Ahora que estoy en mi celda, tranquilo, escribiendo para ustedes la relación de estas impresiones extrañas, no puedo menos de maravillarme y dolerme de que las viejas supersticiones tengan todavía tan hondas raíces entre las gentes de las aldeas, que den lugar a sucesos semejantes; pero ¿por qué no he de confesarlo? Sonándome aún las últimas palabras de aquella temerosa relación, teniendo junto a mí a aquel hombre que tan de buena fe imploraba la protección divina para llevar a cabo crímenes espantosos, viendo a mis pies el abismo negro y profundo en donde se revolvía el agua entre las tinieblas, imitando gemidos y lamentos, y en lontananza el castillo tradicional, coronado de almenas oscuras, que parecían fantasmas asomadas a los muros, sentí una impresión angustiosa, mis cabellos se erizaron involuntariamente, y la razón, dominada por la fantasía, a la que todo ayudaba, el sitio, la hora y el silencio de la noche, vaciló un punto, y casi creí que las absurdas consejas de las brujerías y los maleficios pudieran ser posibles.

***

Posdata. Al terminar esta carta y cuando ya me disponía a escribir el sobre, la muchacha que me sirve y que ha concluido en este instante de arreglar los trebejos de la cocina y de apagar la lumbre, armada de un enorme candil de hierro, se ha colocado junto a mi mesa a esperar, como tiene de costumbre siempre que me ve escribir de noche, que le entregue la carta que ella a su vez dará mañana al correo, el cual baja de Añón a Tarazona al romper el día. Sabiendo que es de un lugar inmediato a Trasmoz y que en este último pueblo tiene gran parte de su familia, me ha ocurrido preguntarle si conoció a la *tía Casca* y si sabe alguna particularidad de sus hechizos, famosos en todo el Somontano. No pueden ustedes figurarse la cara que ha puesto al oír el nombre de la bruja, ni la expresión de medrosa inquietud con que ha vuelto la vista a su alrededor, procurando iluminar con el candil los rincones oscuros de la celda antes de responderme. Después de practicada esta operación, y con voz baja y alterada, sin contestar a mi interpelación, me ha preguntado ella a su vez:

—¿Sabe usted en qué día de la semana estamos?

—No, chica —la respondí—; pero ¿a qué conduce saber el día de la semana?

—Porque si es viernes no puedo desplegar los labios sobre ese asunto. Los viernes, en memoria de que Nuestro Señor Jesucristo murió en semejante día, no pueden las brujas hacer mal a nadie; pero, en cambio oyen desde su casa cuanto se dice de ellas, aunque sea al oído y en el último rincón del mundo.

—Tranquilízate por ese lado, pues a lo que yo puedo colegir de la proximidad del último domingo, todo lo más, andaremos por el martes o el miércoles.

—No es esto decir que yo le tenga miedo a la bruja, pues de los míos solo a mi hermana la mayor, al *pequeñico* y a mi padre puede hacerles mal.

—Calle, ¿y en qué consiste ese privilegio?

—En que al echarnos el agua no se equivocó el cura ni dejó olvidada ninguna palabra del credo.

—¿Y eso se lo has ido tú a preguntar al cura tal vez?

—¡Quia! No, señor; el cura no se acordaría. Se lo hemos preguntado a un cedazo.

—Que es el que debe saberlo... No me parece mal. ¿Y cómo se entra en conversación con un cedazo? Porque eso debe ser curioso.

—Verá usted... después de las doce de la noche, pues las brujas que lo quisieran impedir no tienen poder sino desde las ocho hasta esa hora, se toma el cedazo, se hacen sobre él tres cruces con la mano izquierda y, suspendiéndole en el aire, cogido por el aro con las puntijeras, se le pregunta. Si se ha olvidado alguna palabra del credo, da vueltas por sí solo, y si no se está *quietico*, *quietico*, como la hoja en el árbol cuando no se mueve una paja de aire.

—¿Según eso, tú estás completamente tranquila de que no han de embrujarte?

—Lo que es por mí, completamente; pero sin embargo, mirando por los de la casa, cuido siempre de hacer antes de dormirme una cruz en el hogar con las tenazas para que no entren por la chimenea, y tampoco se me olvida poner la escoba en la puerta con el palo en suelo.

—¡Ah!, vamos; ¿conque la escoba que suelo encontrar algunas mañanas a la puerta de mi habitación con las palmas hacia arriba, y que me ha hecho pensar que era uno de tus frecuentes olvidos, no estaba allí sin su misterio? Pero se me ocurre preguntar una cosa: si ya mataron a la bruja y, una vez muerta, su alma no puede salir del precipicio donde por permisión divina anda penando, ¿contra quién tomas esas precauciones?

—¡Toma, toma! Mataron a una; pero como que son una familia entera y verdadera que desde hace un siglo o dos vienen heredando el unto de unas en otras, se acabó con una *tía Casca*; pero queda su hermana, y cuando acaben con esta, que acabarán también, le sucederá su hija, que aún es moza, y ya dicen que tiene sus puntos de hechicera.

—Según lo que veo, ¿esa es una dinastía secular de brujas que se vienen sucediendo regularmente por la línea femenina desde los tiempos más remotos?

—Yo no sé lo que son; pero lo que puedo decirle es que acerca de estas mujeres se cuenta en el pueblo una historia muy particular, que yo he oído referir algunas veces en las noches de invierno.

—Pues vaya, deja ese candil en el suelo, acerca una silla y refiéreme esa historia, que yo me parezco a los niños en mi afición.

—Es que esto no es cuento.

—O historia, como tú quieras —añadí, por último, para tranquilizarla respecto a la entera fe con que sería acogida la relación por mi parte.

La muchacha, después de colgar el candil en un clavo, y de pie a una respetuosa distancia de la mesa, por no querer sentarse, a pesar de mis instancias, me ha referido la historia de las brujas de Trasmoz, historia original que yo a mi vez contaré a ustedes otro día, pues ahora voy a acostarme con la cabeza llena de brujas, hechicerías y conjuros, pero tranquilo, porque al dirigirme a mi alcoba he visto el escobón junto a la puerta haciéndome la guardia, más tieso y formal que un alabardero en día de ceremonia.

CARTA SÉTIMA

Queridos amigos:

Prometí a ustedes en mi última carta referirles, tal como me la contaron, la maravillosa historia de las brujas de Trasmoz. Tomo, pues, la pluma para cumplir lo prometido, y va de cuento.

Desde tiempo inmemorial, es artículo de fe entre las gentes del Somontano que Trasmoz es la corte y punto de cita de las brujas más importantes de la comarca. Su castillo, como los tradicionales campos de Barahona y el valle famoso de Zugarramurdi, pertenece a la categoría de conventículo de primer orden y lugar clásico para las grandes fiestas nocturnas de las amazonas de escobón, los sapos con collareta y toda la abigarrada servidumbre del macho cabrío, su ídolo y jefe. Acerca de la fundación de este castillo, cuyas colosales ruinas, cuyas torres oscuras y dentelladas, patios sombríos y profundos fosos parecen, en efecto, digna escena de tan diabólicos personajes, se refiere una tradición muy antigua. Parece ser que *en tiempo de los moros*, época que para nuestros campesinos corresponde a las edades mitológicas y fabulosas de la historia, pasó el rey por las cercanías del sitio en que ahora se halla Trasmoz, y viendo con maravilla un punto como aquel, donde, gracias a la altura, las rápidas pendientes y los cortes a plomo de la roca, podía el hombre, ayudado de la naturaleza, hacer un lugar fuerte e inexpugnable, de grande utilidad por encontrarse próximo a la raya fronteriza, exclamó volviéndose a los que iban en su seguimiento, y tendiendo la mano en dirección a la cumbre:

—De buena gana tendría allí un castillo.

Oyole un pobre viejo que, apoyado en un báculo de caminante y con unas miserables alforjillas al hombro, pasaba a la sazón por el mismo sitio, y adelantándose hasta salirle al encuentro y a riesgo de ser atropellado por la comitiva real, detuvo por la brida el caballo de su señor y le dijo estas solas palabras:

—Si me le dais en alcaidía perpetua, yo me comprometo a llevaros mañana a vuestro palacio sus llaves de oro.

Rieron grandemente el rey y los suyos de la extravagante proposición del mendigo, de modo que arrojándole una pequeña pieza de plata al suelo a manera de limosna, contestole el soberano con aire de zumba:

—Tomad esa moneda para que compréis unas cebollas y un pedazo de pan con que desayunaros, señor alcaide de la improvisada fortaleza de Trasmoz, y dejadnos en paz proseguir nuestro camino.

Y, esto diciendo, le apartó suavemente a un lado de la senda, tocó el ijar de su corcel con el acicate, y se alejó seguido de sus capitanes, cuyas armaduras, incrustadas de arabescos de oro, resonaban y resplandecían al compás del galope, mal ocultas por los blancos y flotantes alquiceles.

—¿Luego me confirmáis en la alcaidía? —añadió el pobre viejo, en tanto que se bajaba para recoger la moneda, y dirigiéndose en alta voz hacia los que ya apenas se distinguían entre la nube de polvo que levantaron los caballos, un punto detenidos, al arrancar de nuevo.

—Seguramente —díjole el rey desde lejos y cuando ya iba a doblar una de las vueltas del monte—; pero con la condición de que esta noche levantarás el castillo, y mañana irás a Tarazona a entregarme las llaves.

Satisfecho el pobrete con la contestación del rey, alzó, como digo, la moneda del suelo, besola con muestras de humildad y, después de atarla en un pico del guiñapo blancuzco que le servía de turbante, se dirigió poco a poco hacia la aldehuela de Trasmoz. Componían entonces este lugar unas quince o veinte casuquillas sucias y miserables, refugio de algunos pastores que llevaban a pacer sus ganados al Moncayo. Pasito a pasito, aquí cae, allí tropieza, como el que camina agobiado del doble peso de la edad y una larga jornada, llegó al fin nuestro hombre al pueblo, y comprando, según se lo había dicho el rey, un mendrugo de pan y tres o cuatro cebollas blancas, jugosas y relucientes, sentose a comerlas a la orilla de un arroyo, en el cual los vecinos tenían costumbre de venir a hacer sus abluciones de la tarde, y donde, una vez instalado, comenzó a despachar su pitanza con tanto gusto, y moviendo sus descarnadas mandíbulas, de las que pendían unas barbillas blancas y claruchas, con tal priesa, que en efecto parecía no haberse desayunado en todo lo que iba de día, que no era poco, pues el sol comenzaba a trasmontar las cumbres.

Sentado estaba, pues, nuestro pobre viejo a la orilla del arroyo dando buena cuenta con gentil apetito de su frugal comida, cuando llegó hasta el borde del agua uno de los pastores del lugar, hizo sus acostumbradas zalemas, vuelto hacia el Oriente, y concluida esta operación, comenzó a lavarse las manos y el rostro, murmurando sus rezos de la tarde. Tras este vinieron otros cuantos, hasta cinco o seis, y cuando todos hubieron concluido de rezar y remojarse el cogote, llamolos el viejo, y les dijo:

—Veo con gusto que sois buenos musulmanes, y que ni las ordinarias ocupaciones ni las fatigas de vuestro ejercicio os distraen de las santas ceremonias que a sus fieles dejó encomendadas el Profeta. El verdadero creyente tarde o temprano alcanza el premio: unos lo recogen en la tierra, otros en el paraíso, no faltando a quienes se les da en ambas partes, y de estos seréis vosotros.

Los pastores, que durante la arenga no habían apartado un punto sus ojos del mendigo, pues por tal le juzgaron al ver su mal pelaje y peor desayuno, se miraban entre sí, después de concluido, como no comprendiendo a dónde iría a parar aquella introducción, si no era a pedir una limosna; pero con grande asombro de los circunstantes, prosiguió de este modo su discurso:

—He aquí que yo vengo de una tierra lejana a buscar servidores leales para la guarda y custodia de un famoso castillo. Yo me he sentado al borde de las fuentes que saltan sobre una taza de pórfido, a la sombra de las palmeras en las mezquitas de las grandes ciudades, y he visto unos tras otros venir a muchos hombres a hacer sus abluciones con sus aguas, estos por mera limpieza, aquellos por hacer lo que hacen todos, los más por dar el espectáculo de una piedad de fórmula. Después os he visto en estas soledades, lejos de las miradas del mundo, atentos solo al ojo que vela sobre las acciones de los mortales, cumplir con nuestros ritos, impulsados por la conciencia de un deber, y he dicho para mí: "He aquí hombres fieles a su religión. Igualmente lo serán a su palabra". De hoy más no vagaréis por los montes con nieves y fríos para comer un pedazo de pan negro; en la magnífica fortaleza de que os hablo, tendréis alimento abundante y vida holgada. Tú cuidarás de la atalaya, atento siempre a las señales de los corredores del campo, y pronto a encender la hoguera que brilla en las sombras, como el penacho de fuego del casco de un arcángel. Tú cuidarás del rastrillo y del puente; tú darás vuelta cada tres horas alrededor de las torres, por entre la barbacana y el muro. A ti te encargaré de las caballerizas; bajo la guarda de ese estarán los depósitos de materiales de guerra, y por último, aquel otro correrá con los almacenes de víveres.

Los pastores, de cada vez más asombrados y suspensos, no sabían qué juicio formar del improvisado protector que la casualidad les deparaba; y aunque su aspecto miserable no convenía del todo bien con sus generosas ofertas, no faltó alguno que le preguntase entre dudoso y crédulo:

—¿Dónde está ese castillo? Si no se halla muy lejos de estos lugares, entre cuyas peñas estamos acostumbrados a vivir, y a los que tenemos el amor que todo hombre tiene a la tierra que le vio nacer, yo, por mi parte, aceptaría con gusto tus ofrecimientos, y creo que como yo todos los que se encuentran presentes.

—Por eso no temáis, pues está bien cerca de aquí —respondió el viejo impasible—; cuando el sol se esconde por detrás de las cumbres del Moncayo, su sombra cae sobre vuestra aldea.

—¿Y cómo puede ser eso —dijo entonces el pastor—, si por aquí no hay castillo ni fortaleza alguna, y la primera sombra que envuelve nuestro lugar es la del cabezo del monte en cuya falda se ha levantado?

—Pues en ese cabezo se halla, porque allí están las piedras, y donde están las piedras está el castillo, como está la gallina en el huevo y la espiga en el grano —insistió el extraño personaje, a quien sus interlocutores, irresolutos hasta aquel punto, no dudaron en calificar de loco de remate.

—¿Y tú serás, sin duda, el gobernador de esa fortaleza famosa? —exclamó, entre las carcajadas de sus compañeros, otro de los pastores—. Porque a tal castillo, tal alcaide.

—Yo lo soy —tornó a contestar el viejo, siempre con la misma calma y mirando a sus risueños oyentes con una sonrisa particular—. ¿No os parezco digno de tan honroso cargo?

—¡Nada menos que eso! —se apresuraron a responderle—. Pero el sol ha doblado las cumbres, la sombra de vuestro castillo envuelve ya en sus pliegues nuestras pobres chozas. Poderoso y temido alcaide de la invisible fortaleza de Trasmoz, si queréis pasar la noche a cubierto, os podemos ofrecer un poco de paja en el establo de nuestras ovejas; si preferís quedaros al raso, ¡que Alá os tenga en su santa guarda, el Profeta os colme de sus beneficios y los arcángeles de la noche velen a vuestro alrededor con sus espadas encendidas!

Acompañando estas palabras, dichas en tono de burlesca solemnidad, con profundos y humildes saludos, los pastores tomaron el camino de su pueblo, riendo a carcajadas de la original aventura. Nuestro buen hombre no se alteró, sin embargo, por tan poca cosa, sino que después de acabar con mucho despacio su merienda, tomó en el hueco de la mano algunos sorbos del agua limpia y transparente del arroyo, limpiose con el revés la boca, sacudió las migajas de pan de la túnica y, echándose otra vez las alforjillas al hombro y apoyándose en su nudoso báculo, emprendió de nuevo el camino adelante, en la misma dirección que sus futuros sirvientes.

La noche comenzaba, en efecto, a entrarse fría y oscura. De pico a pico de la elevada cresta del Moncayo, se extendían largas bandas de nubes color de plomo que, arrolladas hasta aquel momento por la influencia del sol, parecían haber esperado a que se ocultase para comenzar a removerse con lentitud como esos monstruos deformes que produce el mar y que se arrastran trabajosamente en las playas desiertas. El ancho horizonte que se descubría desde las alturas iba poco a poco palideciendo y pasando del rojo al violado por un punto, mientras por el contrario asomaba la luna, redonda, encendida, grande, como un escudo de batallar, y por el dilatado espacio del cielo las estrellas aparecían unas tras otras, amortiguada su luz por la del astro de la noche.

Nuestro buen viejo, que parecía conocer perfectamente el país, pues nunca vacilaba al escoger las sendas que más pronto habían de conducirle al término de su peregrinación, dejó a un lado la aldea y, siempre subiendo con bastante fatiga por entre los enormes peñascos y las espesas carrascas, que entonces como ahora cubrían la áspera pendiente del monte, llegó por último a la cumbre cuando las sombras se habían apoderado por completo de la tierra, y la luna, que se dejaba ver a intervalos por entre las oscuras nubes, se había remontado a la primera región del cielo. Cualquiera otro hombre impresionado por la soledad del sitio, el profundo silencio de la naturaleza y el fantástico panorama de las sinuosidades del Moncayo, cuyas puntas coronadas de nieve parecían las olas de un mar inmóvil y gigantesco, hubiera temido aventurarse por entre aquellos matorrales, a donde en mitad del día apenas osaban llegar los pastores; pero el héroe de nuestra relación que, como ya habrán sospechado ustedes, y si no lo han sospechado lo verán claro más adelante, debía ser un magicazo de tomo y lomo, no satisfecho con haber trepado a la eminencia, se encaramó en la punta de la más elevada roca, y desde aquel aéreo asiento comenzó a pasear la vista a su alrededor con la misma firmeza que el águila, cuyo nido pende de un peñasco al borde del abismo, contempla sin temor el fondo.

Después que se hubo reposado un instante de las fatigas del camino, sacó de las alforjillas un estuche de forma particular y extraña, un librote muy carcomido y viejo y un cabo de vela verde, corto y a medio consumir. Frotó con sus dedos descarnados y huesosos en uno de los extremos del estuche que parecía de metal, y era a modo de linterna, y a medida que frotaba, veíase como una lumbre sin claridad, azulada, medrosa e inquieta, hasta que por último brotó una llama y se hizo luz: con aquella luz encendió el cabo de vela verde, a cuyo escaso resplandor, y no sin haberse calado antes unas disformes antiparras redondas, comenzó a hojear el libro que para más comodidad había puesto delante de sí sobre una de las peñas.

Según que el nigromante iba pasando las hojas del libro llenas de caracteres árabes, caldeos y siriacos trazados con tinta azul, negra, roja y violada, y de figuras y signos misteriosos, murmuraba entre dientes frases ininteligibles, y parando de cierto en cierto tiempo la lectura, repetía un estribillo singular con una especie de salmodia lúgubre, que acompañaba, hiriendo la tierra con el pie y agitando la mano que le dejaba libre el cuidado de la vela, como si se dirigiese a alguna persona.

Concluida la primera parte de su mágica letanía, en la que, unos tras otros, había ido llamando por sus nombres, que yo no podré repetir, a todos los espíritus del aire y de la tierra, del fuego y de las aguas, comenzó a percibirse en derredor un ruido extraño, un rumor de alas invisibles que se agitaban a la vez, y murmullos confusos, como de muchas gentes que se hablasen al oído. En los días revueltos del otoño, y cuando las nubes, amontonadas en el horizonte, parecen amenazar con una lluvia copiosa, pasan las grullas por el cielo, formando un oscuro triángulo, con un ruido semejante. Mas lo particular del caso era que allí a nadie se veía, y aun cuando se percibiese el aleteo cada vez más próximo y el aire agitado moviera en derredor las hojas de los árboles, y el rumor de las palabras dichas en voz baja se hiciese gradualmente más distinto, todo semejaba cosa de ilusión o ensueño. Paseó el mágico la mirada en todas direcciones para contemplar a los que solo a sus ojos parecían visibles, y satisfecho sin duda del resultado de su primera operación, volvió a la interrumpida lectura. Apenas su voz temblona, cascada y un poco nasal comenzó a dejarse oír pronunciando las enrevesadas palabras del libro, se hizo en torno un silencio tan profundo, que no parecía sino que la tierra, los astros y los genios de la noche estaban pendientes de los labios del nigromante, que ora hablaba con frases dulces y de suave inflexión como quien suplica, ora con acento áspero, enérgico y breve como quien manda. Así leyó largo rato, hasta que al concluir la última hoja se produjo un murmullo en el invisible auditorio, semejante al que forman en los templos las confusas voces de los fieles cuando, acabada una oración, todos contestan *amén* en mil diapasones distintos. El viejo, que a medida que rezaba y rezaba aquellos diabólicos conjuros había ido exaltándose, y cobrando una energía y un vigor sobrenaturales, cerró el libro con un gran golpe, dio un soplo a la vela verde y, despojándose de las antiparras redondas, se puso de pie sobre la altísima peña donde estuvo sentado, y desde donde se dominaban las infinitas ondulaciones de la falda del Moncayo, con los valles, las rocas y los abismos que la accidentan. Allí, de pie, con la cabeza erguida y los brazos extendidos el uno al Oriente y el otro al Occidente, alzó la voz y exclamó dirigiéndose a la infinita muchedumbre de seres invisibles y misteriosos que, encadenados a su palabra por la fuerza de los conjuros, esperaban sumisos sus órdenes.

—¡Espíritus de las aguas y de los aires, vosotros, que sabéis horadar las rocas y abatir los troncos más corpulentos, agitaos y obedecedme!

Primero, suave como cuando levanta el vuelo una banda de palomas; después más fuerte, como cuando azota el mástil de un buque una vela hecha jirones, oyose el ruido de las alas al plegarse y desplegarse con una prontitud increíble, y aquel ruido fue creciendo, creciendo, hasta que llegó a hacerse espantoso como el de un huracán desencadenado. El agua de los torrentes próximos saltaba y se retorcía en el cauce, espumarajeando e irguiéndose como una culebra furiosa; el aire, agitado y terrible, zumbaba en los huecos de las peñas, levantaba remolinos de polvo y de hojas secas, y sacudía, inclinándolas hasta el suelo, las copas de los árboles. Nada más extraño y horrible que aquella tempestad circunscrita a un punto, mientras la luna se remontaba tranquila y silenciosa por el cielo, y las aéreas y lejanas cumbres de la cordillera parecían bañadas de un sereno y luminoso vapor. Las rocas crujían como si sus grietas se dilatasen, e impulsadas de una fuerza oculta e interior, amenazaban volar hechas mil pedazos. Los troncos más corpulentos arrojaban gemidos y chascaban próximos a hendirse, como si un súbito desenvolvimiento de sus fibras fuese a rajar la endurecida corteza. Al cabo, y después de sentirse sacudido el monte por tres veces, las piedras se desencajaron y los árboles se partieron, y árboles y piedras comenzaron a saltar por los aires en furioso torbellino, cayendo semejantes a una lluvia espesa en el lugar que de antemano señaló el nigromante a sus servidores. Los colosales troncos y los inmensos témpanos de granito y pizarra oscura, que era como arrojados al azar, caían, no obstante, unos sobre otros con admirable orden, e iban formando una cerca altísima, a manera de bastión, que el agua de los torrentes, arrastrando arenas, menudas piedrecillas y cal de su alvéolo, se encargaba de completar, llenando las hendiduras con una argamasa indestructible.

—La obra adelanta. ¡Ánimo, ánimo! —murmuró el viejo—. Aprovechemos los instantes, que la noche es corta, y pronto cantará el gallo, trompeta del día.

Y esto diciendo, se inclinó hacia el borde de una sima profunda, abierta al impulso de las convulsiones de la montaña, y como dirigiéndose a otros seres ocultos en su fondo prosiguió:

—Espíritus de la tierra y del fuego: vosotros que conocéis los tesoros de metal de sus entrañas y circuláis por sus caminos subterráneos con los mares de lava encendida y ardiente, ¡agitaos y cumplid mis órdenes!

Aún no había expirado el eco de la última palabra del conjuro, cuando se comenzó a oír un rumor sordo y continuo como el de un trueno lejano, rumor que asimismo fue creciendo, creciendo, hasta que se hizo semejante al que produce un escuadrón de jinetes que cruzan al galope el puente de una fortaleza, y entonces retumba el golpear del casco de los caballos, crujen los maderos, rechinan las cadenas, y resuena metálico y sonoro, el choque de las armaduras, las lanzas y los escudos. A medida que el ruido tomaba mayores proporciones, veíase salir por las grietas de las rocas un resplandor vivo y brillante, como el que despide una fragua ardiendo, y de eco en eco se repetía por las concavidades del monte el fragor de millares de martillos que caían con un estrépito espantoso sobre los yunques, en donde los gnomos trabajaban el hierro de las minas, fabricando puertas, rastrillos, armas y toda la ferretería indispensable para la seguridad y complemento de la futura fortaleza. Aquello era un tumulto imposible de describir; un desquiciamiento general y horroroso: por un lado rebramaba el aire, arrancando las rocas, que se hacinaban con estruendo en la cúspide del monte; por otro mugía el torrente, mezclando sus bramidos con el crujir de los árboles que se tronchaban y el golpear incesante de los martillos, que caían alternados sobre los yunques, como llevando el compás en aquella diabólica sinfonía.

Los habitantes de la aldea, despertados de improviso por tan infernal y asordadora barahúnda, no osaban siquiera asomarse al tragaluz de sus chozas para descubrir la causa del extraño terremoto, no faltando algunos que, poseídos del terror, creyeron llegado el instante en que, próxima la destrucción del mundo, había de bajar la muerte a enseñorearse de su imperio, envuelta en el jirón de un sudario, sobre un corcel fantástico y amarillo, tal como en sus revelaciones la pinta el Profeta.

Esto se prolongó hasta momentos antes de amanecer, en que los gallos de la aldea comenzaron a sacudir las plumas y a saludar el día próximo con su canto sonoro y estridente. A esta sazón, el rey, que se volvía a su corte haciendo pequeñas jornadas, y que accidentalmente había dormido en Tarazona, bien porque de suyo fuese madrugador y despabilado, bien porque extrañase la habitación, que todo cabe en lo posible, saltaba de la cama listo como él solo, y después de poner en un pie como las grullas a su servidumbre, se dirigía a los jardines del palacio. Aún no habría pasado una hora desde que vagaba al azar por el intrincado laberinto de sus alamedas, departiendo con uno de sus capitanes, todo lo amigablemente que puede departir un rey, moro por añadidura, con uno de sus súbditos, cuando llegó hasta él, cubierto de sudor y de polvo, el más ágil de los corredores de la frontera, y le dijo, previas las salutaciones de costumbre:

—Señor, hacia la parte de la raya de Castilla sucede una cosa extraordinaria. Sobre la cumbre del monte de Trasmoz, y donde ayer no se encontraban más que rocas y matorrales, hemos descubierto al amanecer un castillo tan alto, tan grande y tan fuerte como no existe ningún otro en todos vuestros estados. En un principio dudamos del testimonio de nuestros ojos, creyendo que tal vez fingía la mole la niebla arremolinada sobre las alturas; pero después ha salido el sol, la niebla se ha deshecho, y el castillo subsiste allí oscuro, amenazador y gigante, dominando los contornos con su altísima atalaya.

Oír el rey este mensaje y recordar su encuentro con el mendigo de las alforjas, todo fue una cosa misma; y reunir estas dos ideas y lanzar una mirada amenazadora e interrogante a los que estaban a su lado, tampoco fue cuestión de más tiempo. Sin duda su alteza árabe sospechaba que alguno de sus emires, conocedores del diálogo del día anterior, se había permitido darle una broma, sin precedentes en los anales de la etiqueta musulmana, pues con acento de mal disimulado enojo, exclamó jugando con el pomo de su alfanje de una manera particular, como solía hacerlo cuando estaba a punto de estallar su cólera:

—¡Pronto, mi caballo más ligero y a Trasmoz, que juro por mis barbas y las del Profeta, que si es cuento el mensaje de los corredores, donde debiera estar el castillo he de poner una picota para los que le han inventado!

Esto dijo el rey, y minutos después no corría, volaba camino de Trasmoz seguido de sus capitanes. Antes de llegar a lo que se llama el Somontano, que es una reunión de valles y alturas que van subiendo gradualmente hasta llegar al pie de la cordillera que domina el Moncayo, coronado de nieblas y de nubes como el gigante y colosal monarca de estos montes, hay, viniendo de Tarazona, una gran eminencia que lo oculta a la vista hasta que se llega a su cumbre. Tocaba el rey casi a lo más alto de esta altura, conocida hoy por la *Ciezma*, cuando, con grande asombro suyo y de los que le seguían, vio venir a su encuentro al viejecito de las alforjas con la misma túnica raída y remendada del día anterior, el mismo turbante, hecho jirones y sucio, y el propio báculo, tosco y fuerte, en que se apoyaba, cuando en son de burla, después de haber oído su risible propuesta, le arrojó una moneda para que comprase pan y cebollas. Detúvose el rey delante del viejo, y este, postrándose de hinojos y sin dar lugar a que le preguntara cosa alguna, sacó de las alforjas, envueltas en un paño de púrpura, dos llaves de oro de labor admirable y exquisita, diciendo al mismo tiempo que las presentaba a su soberano:

—Señor, yo he cumplido ya mi palabra; a vos toca sacar airosa de su empeño la vuestra.

—Pero ¿no es fábula lo del castillo? —preguntó el rey entre receloso y suspenso, y fijando alternativamente la mirada, ya en las magníficas llaves que por su materia y su inconcebible trabajo valían de por sí un tesoro, ya en el viejecillo, a cuyo aspecto miserable se renovaba en su ánimo el deseo de socorrerle con una limosna.

—Dad algunos pasos más y le veréis —respondió el alcaide, pues, una vez cumplida su promesa y siendo la que le habían empeñado palabra de rey, que al menos en estas historias tienen fama de inquebrantables, por tal podemos considerarle desde aquel punto. Dio algunos pasos más el soberano; llegó a lo más alto de la *Ciezma* y, en efecto, el castillo de Trasmoz apareció a sus ojos, no tal como hoy se ofrecería a los de ustedes, si por acaso tuvieran la humorada de venir a verlo, sino tal como fue en lo antiguo, con sus cinco torres gigantes, su atalaya esbelta, sus fosos profundos, sus puertas chapeadas de hierro, fortísimas y enormes, su puente levadizo y sus muros coronados de almenas puntiagudas.

***

Al llegar a este punto de mi carta, me apercibo de que, sin querer, he faltado a la promesa que hice en la anterior y ratifiqué al tomar hoy la pluma para escribir a ustedes. Prometí contarles la historia de la bruja de Trasmoz, y sin saber cómo les he relatado en su lugar la del castillo. Con estos cuentos sucede lo que con las cerezas: sin pensarlo, salen unas enredadas en otras. ¿Qué le hemos de hacer? Conseja con conseja, allá va la que primero se ha enredado en el pico de la pluma: merced a ella, y teniendo presente su diabólico origen, comprenderán ustedes por qué las brujas, cuya historia quedo siempre comprometido a contarles, tienen una marcada predilección por las ruinas de este castillo y se encuentran en él como en su casa.

CARTA OCTAVA

Queridos amigos:

En una de mis cartas anteriores dije a ustedes en qué ocasión y por quién me fue referida la estupenda historia de las brujas, que a mi vez he prometido repetirles. La muchacha que accidentalmente se encuentra a mi servicio, tipo perfecto del país, con su apretador verde, su saya roja y sus medias azules, había colgado el candil en un ángulo de mi habitación débilmente alumbrada aún, con este aditamento de luz, por una lamparilla, a cuyo escaso resplandor escribo. Las diez de la noche acababan de sonar en el antiguo reloj de pared, único resto del mobiliario de los frailes, y solamente se oían, con breves intervalos de silencio profundo, esos ruidos, apenas perceptibles y propios de un edificio deshabitado e inmenso, que producen el aire que gime, los techos que crujen, las puertas que rechinan y los animaluchos de toda calaña que vagan a su placer por los sótanos, las bóvedas y las galerías del monasterio, cuando, después de contarme la leyenda que corre más válida acerca de la fundación del castillo, y que ya conocen ustedes, prosiguió su relato, no sin haber hecho antes un momento de pausa para calmar el efecto que la primera parte de la historia me había producido, y la cantidad de fe con que podía contar en su oyente para la segunda.

He aquí la historia, poco más o menos, tal como me la refirió mi criada, aunque sin sus giros extraños y sus locuciones pintorescas y características del país, que ni yo puedo recordar ni, caso que las recordase, ustedes podrían entender.

Ya había pasado el castillo de Trasmoz a poder de los cristianos, y estos a su vez, terminadas las continuas guerras de Aragón y Castilla, habían concluido por abandonarle, cuando es fama que hubo en el lugar un cura tan exacto en el cumplimiento de sus deberes, tan humilde con sus inferiores, y tan lleno de ardiente caridad para con los infelices, que su nombre, al que iba unida una intachable reputación de virtud, llegó a hacerse conocido y venerado en todos los pueblos de la comarca.

Muchos y muy señalados beneficios debían los habitantes de Trasmoz a la inagotable bondad del buen cura, que ni para disfrutar de una canonjía, con que en repetidas ocasiones le brindó el obispo de Tarazona, quiso abandonarlos; pero el mayor sin duda fue el libertarlos, merced a sus santas plegarias y poderosos exorcismos, de la incómoda vecindad de las brujas, que desde los lugares más remotos del reino venían a reunirse ciertas noches del año en las ruinas del castillo, que, quizá por deber su fundación a un nigromante, miraban como cosa propia, y lugar el más aparente para sus nocturnas zambras y diabólicos conjuros. Como quiera que, antes de aquella época, muchos otros exorcistas habían intentado desalojar de allí a los espíritus infernales, y sus rezos y sus aspersiones fueron inútiles, la fama de *mosén Gil el limosnero* (que por este nombre era conocido nuestro cura) se hizo tanto más grande, cuanto más difícil o imposible se juzgó hasta entonces dar cima a la empresa que él había acometido y llevado a cabo con feliz éxito, gracias a la poderosa intercesión de sus plegarias y al mérito de sus buenas obras. Su popularidad y el respeto que los campesinos le profesaban iban, pues, creciendo a medida que la edad, cortando, por decirlo así, los últimos lazos que pudieran ligarle a las cosas terrestres, acendraba sus virtudes y el generoso desprendimiento con que siempre dio a los pobres hasta lo que él había de menester para sí, de modo que cuando el venerable sacerdote, cargado de años y de achaques, salía a dar una vueltecita por el porche de su humilde iglesia, era de ver cómo los chicuelos corrían desde lejos para venir a besarle la mano, los hombres se descubrían respetuosamente, y las mujeres llegaban a pedirle su bendición, considerándose dichosa la que podía alcanzar, como reliquia y amuleto contra los maleficios, un jirón de su raída sotana. Así vivía en paz y satisfecho con su suerte el bueno de mosén Gil; mas como no hay felicidad completa en el mundo, y el diablo anda de continuo buscando ocasión de hacer mal a sus enemigos, este, sin duda, dispuso que, por muerte de una hermana menor, viuda y pobre, viniese a parar a casa del caritativo cura una sobrina que él recibió con los brazos abiertos, y a la cual consideró desde aquel punto como apoyo providencial, deparado por la bondad divina para consuelo de su vejez.

Dorotea, que así se llamaba la heroína de esta verídica historia, contaba escasamente dieciocho abriles; parecía educada en un santo temor de Dios, un poco encogida en sus modales, melosa en el hablar y humilde en presencia de extraños, como todas las sobrinas de los curas que yo he conocido hasta ahora; pero tanto como la que más, o más que ninguna, preciada del atractivo de sus ojos negros y traidores, y amiga de emperejilarse y componerse. Esta afición *a los trapos*, según nosotros los hombres solemos decir, tan general en las muchachas de todas las clases y de todos los siglos, y que en Dorotea predominaba exclusivamente a las demás aficiones, era causa continua de domésticos disturbios entre la sobrina y el tío, que contando con muy pocos recursos en su pobre curato de aldea, y siempre en la mayor estrechez a causa de su largueza para con los infelices, según él decía con una ingenuidad admirable, andaba desde que recibió las primeras órdenes procurando hacerse un manteo nuevo, y aún no había encontrado ocasión oportuna. De vez en cuando, las discusiones a que daban lugar las peticiones de la sobrina solían agriarse, y esta le echaba en cara las muchas necesidades a que estaban sujetos, y la desnudez en que ambos se veían por dar a los pobres, no solo lo superfluo, sino hasta lo necesario. Mosén Gil entonces, echando mano de los más deslumbradores argumentos de su cristiana oratoria, después de repetir que cuanto a los pobres se da a Dios se presta, acostumbraba a decirla que no se apurase por una saya de más o de menos para los cuatro días que se han de estar en este valle de lágrimas y miserias, pues mientras más sufrimientos sobrellevase con resignación, y más desnuda anduviese por amor hacia el prójimo, más pronto iría, no ya a la hoguera que se enciende los domingos en la plaza del lugar, y emperejilada con una mezquina saya de paño rojo, franjada de vellorí, sino a gozar del Paraíso eterno, danzando en torno de la lumbre inextinguible, y vestida de la gracia divina, que es el más hermoso de todos los vestidos imaginables. Pero váyale usted con estas evangélicas filosofías a una muchacha de dieciocho años, amiga de parecer bien, aficionada a perifollos, con sus ribetes de envidiosa y con unas vecinas en la casa de enfrente que hoy estrenan un apretador amarillo, mañana un jubón negro, y el otro una saya azul turquí con unas franjas rojas que deslumbran la vista y llaman la atención de los mozos, a tres cuartos de hora de distancia.

El bueno de mosén Gil podía considerar perdido su sermón, aunque no predicase en desierto, pues Dorotea, aunque callada no convencida, seguía mirando del mal ojo a los pobres que continuamente asediaban la puerta de su tío, y prefiriendo un buen jubón y unas agujetas azules de las que miraba, suspirando, en la *calle de Botigas*, cuando por casualidad iba a Tarazona, a todos los adornos y galas que en un futuro, más o menos cercano, pudieran prometerle en el Paraíso en cambio de su presente resignación y desprendimiento.

En este estado las cosas, una tarde, víspera del día del santo patrono del lugar, y mientras el cura se ocupaba en la iglesia en tenerlo todo dispuesto para la función que iba a verificarse a la mañana siguiente, Dorotea se sentó triste y pensativa, a la puerta de su casa. Unas mucho, otras poco, todas las muchachas del pueblo habían traído algo de Tarazona para lucirse en el Mayo y en el baile de la hoguera, en particular sus vecinas, que sin duda con intención de aumentar su despecho, habían tenido el cuidado de sentarse en el portal a coserse las sayas nuevas y arreglar los dijes que les habían feriado sus padres. Solo ella, la más guapa y la más presumida también, no participaba de esa alegre agitación, esa prisa de costura, ese animado aturdimiento que preludian entre las jóvenes, así en las aldeas como en las ciudades, la aproximación de una solemnidad por largo tiempo esperada. Pero digo mal, también Dorotea tenía aquella noche su quehacer extraordinario; mosén Gil le había dicho que amasase para el día siguiente veinte panes más que los de costumbre, a fin de distribuírselos a los pobres después de concluida la misa.

Sentada estaba, pues, a la puerta de su casa la malhumorada sobrina del cura, barajando en su imaginación mil desagradables pensamientos, cuando acertó a pasar por la calle una vieja muy llena de jirones y de andrajos que, agobiada por el peso de la edad, caminaba apoyándose en un palito.

—Hija mía —exclamó al llegar junto a Dorotea, con un tono compungido y doliente—, ¿me quieres dar una limosnita, que Dios te la pagará con usura en su santa gloria?

Estas palabras, tan naturales en los que imploran la caridad pública, que son como una fórmula consagrada por el tiempo y la costumbre, en aquella ocasión, y pronunciadas por aquella mujer, cuyos ojillos verdes y pequeños parecían reír con una expresión diabólica, mientras el labio articulaba su acento más plañidero y lastimoso, sonaron en el oído de Dorotea como un sarcasmo horrible, trayéndole a la memoria las magníficas promesas para más allá de la muerte con que mosén Gil solía responder a sus exigencias continuas. Su primer impulso fue echar enhoramala a la vieja; pero conteniéndose por respeto a ser su casa la del cura del lugar, se limitó a volverle la espalda con un gesto de desagrado y mal humor bastante significativo. La vieja, a quien antes parecía complacer que no afligir esta repulsa, aproximose más a la joven, y procurando dulcificar todo lo posible su voz de carraca destemplada, prosiguió de este modo, sonriendo siempre con sus ojillos verdosos, como sonreiría la serpiente que sedujo a Eva en el Paraíso.

—Hermosa niña, si no por el amor de Dios, por el tuyo propio, dame una limosna. Yo sirvo a un señor que no se limita a recompensar a los que hacen bien a los suyos en la otra vida, sino que les da en esta cuanto ambicionan. Primero te pedí por el que tú conoces; ahora torno a demandarte socorro por el que yo reverencio.

—¡Bah, bah!, dejadme en paz, que no estoy de humor para oír disparates —dijo Dorotea, que juzgó loca o chocheando a la haraposa vieja que le hablaba de un modo para ella incomprensible. Y sin volver siquiera el rostro al despedirla tan bruscamente, hizo ademán de entrarse en el interior de la casa; pero su interlocutora, que no parecía dispuesta a ceder con tanta facilidad en su empeño, asiéndola de la saya la detuvo un instante, y tornó a decirla:

—Tú me juzgas fuera de mi juicio; pero te equivocas, te equivocas, porque no solo sé bien lo que yo hablo, sino lo que tú piensas, como conozco igualmente la ocasión de tus pesares.

Y cual si su corazón fuese un libro y este estuviera abierto ante sus ojos, repitió a la sobrina del cura, que no acertaba a volver en sí de su asombro, cuantas ideas habían pasado por su mente al comparar su triste situación con la de las otras muchachas del pueblo.

—Mas no te apures —continuó la astuta arpía, después de darle esta prueba de su maravillosa perspicacia—, no te apures: hay un señor tan poderoso como el de mosén Gil, y en cuyo nombre me he acercado a hablarte so pretexto de pedir una limosna; un señor que no solo no exige sacrificios penosos de los que le sirven, sino que se esmera y complace en secundar todos sus deseos; alegre como un juglar, rico como todos los judíos de la tierra juntos, y sabio hasta el extremo de conocer los más ignorados secretos de la ciencia, en cuyo estudio se afanan los hombres. Las que le adoran viven en una continua zambra, tienen cuantas joyas y dijes desean, y poseen filtros de una virtud tal, que con ellos llevan a cabo cosas sobrenaturales, se hacen obedecer de los espíritus, del sol y de la luna, de los peñascos de los montes y de las olas del mar, e infunden el amor o el aborrecimiento en quien mejor les cuadra. Si quieres ser de los suyos, si quieres gozar de cuanto ambicionas, a muy poca costa puedes conseguirlo. Tú eres joven, tú eres hermosa, tú eres audaz, tú no has nacido para consumirte al lado de un viejo achacoso e impertinente, que al fin te dejará sola en el mundo y sumida en la miseria, merced a su caridad extravagante.

Dorotea, que al principio se prestó de mala voluntad a oír las palabras de la vieja, fue poco a poco internándose en aquella halagüeña pintura del brillante porvenir que podía ofrecerle, y aunque sin desplegar los labios, con una mirada entre crédula y dudosa, pareció preguntarle en qué consistía lo que debiera hacer para alcanzar lo que tanto deseaba. La vieja entonces, sacando una botija verde que traía oculta entre el harapiento delantal, le dijo:

—Mosén Gil tiene a la cabecera de su cama una pila de agua bendita de la que todas las noches, antes de acostarse, arroja algunas gotas, pronunciando una oración, por la ventana que da frente al castillo. Si sustituyes aquella agua con esta, y después de apagado el hogar dejas las tenazas envueltas en las cenizas, yo vendré a verte por la chimenea al toque de ánimas, y el señor a quien obedezco, y que en muestra de su generosidad te envía este anillo, te dará cuanto desees.

Esto diciendo le entregó la botija, no sin haberle puesto antes en el dedo de la misma mano con que la tomara un anillo de oro, con una piedra hermosa sobre toda ponderación.

La sobrina del cura, que maquinalmente dejaba hacer a la vieja, permanecía aún irresoluta y más suspensa que convencida de sus razones; pero tanto le dijo sobre el asunto y con tan vivos colores supo pintarle el triunfo de su amor propio ajado, cuando al día siguiente, merced a la obediencia, lograse ir a la hoguera de la plaza vestida con un lujo desconocido, que al fin cedió a sus sugestiones, prometiendo obedecerla en un todo.

Pasó la tarde, llegó la noche, llegando con ella la oscuridad y las horas aparentes para los misterios y los conjuros, y ya mosén Gil, sin caer en la cuenta de la sustitución del agua con un brebaje maldito, había hecho sus inútiles aspersiones y dormía con el sueño reposado de los ángeles, cuando Dorotea, después de apagar la lumbre del hogar y poner, según fórmula, las tenazas entre las cenizas, se sentó a esperar a la bruja, pues bruja y no otra cosa podía ser la vieja miserable que disponía de joyas de tanto valor como el anillo, y visitaba a sus amigos a tales horas y entrando por la chimenea.

Los habitantes de la aldea de Trasmoz dormían asimismo como lirones, excepto algunas muchachas que velaban, cosiendo sus vestidos para el día siguiente. Las campanas de la iglesia dieron al fin el toque de ánimas, y sus golpes lentos y acompasados se perdieron dilatándose en las ráfagas del aire para ir a expirar entre las ruinas del castillo. Dorotea, que hasta aquel momento, y una vez adoptada su resolución, había conservado la firmeza y sangre fría suficientes para obedecer las órdenes de la bruja, no pudo menos de turbarse y fijar los ojos con inquietud en el cañón de la chimenea por donde había de verla aparecer de un modo tan extraordinario. Esta no se hizo esperar mucho, y apenas se perdió el eco de la última campanada, cayó de golpe entre la ceniza en forma de gato gris, y haciendo un ruido extraño y particular de estos animalitos, cuando, con la cola levantada y el cuerpo hecho un arco, van y vienen de un lado a otro acariciándose contra nuestras piernas. Tras el gato gris cayó otro rubio, y después otro negro, más otro de los que llaman moriscos, y hasta catorce o quince de diferentes dimensiones y color, revueltos con una multitud de sapillos verdes y tripudos con un cascabel al cuello y una a manera de casaquilla roja. Una vez juntos los gatos, comenzaron a ir y venir por la cocina, saltando de un lado a otro; estos por los vasares, entre los pucheros y las fuentes, aquellos por el ala de la chimenea, los de más allá revolcándose entre la ceniza y levantando una gran polvareda, mientras que los sapillos, haciendo sonar su cascabel, se ponían de pie al borde de las marmitas, daban volteretas en el aire o hacían equilibrios y dislocaciones pasmosas, como los *clowns* de nuestros circos ecuestres. Por último, el gato gris, que parecía el jefe de la banda, y en cuyos ojillos verdosos y fosforescentes había creído reconocer la sobrina del cura los de la vieja que le habló por la tarde, levantándose sobre las patas traseras en la silla en que se encontraba subido, le dirigió la palabra en estos términos:

—Has cumplido lo que prometiste, y aquí nos tienes a tus órdenes. Si quieres vernos en nuestra primitiva forma y que comencemos a ayudarte a fraguar las galas para las fiestas y a amasar los panes que te ha encargado tu tío, haz tres veces la señal de la cruz con la mano izquierda, invocando a la trinidad de los infiernos, Belcebú, Astarot y Belial.

Dorotea, aunque temblando, hizo punto por punto lo que se le decía, y los gatos se convirtieron en otras tantas mujeres, de las cuales unas comenzaron a cortar y otras a coser telas de mil colores, a cuál más vistosos y llamativos, hilvanando y concluyendo sayas y jubones a toda prisa, en tanto que los sapillos, diseminados por aquí y por allá con unas herramientas diminutas y brillantes, fabricaban pendientes de filigrana de oro para las orejas, anillos con piedras preciosas para los dedos, o armados de su tirapié y su lezna en miniatura, cosían unas zapatillas de tafilete, tan monas y tan bien acabadas, que merecían calzar el pie de una hada. Todo era animación y movimiento en derredor de Dorotea; hasta la llama del candil que alumbraba aquella escena extravagante parecía danzar alegre en su piquera de hierro, chisporroteando, y plegando y volviendo a desplegar su abanico de luz, que se proyectaba en los muros en círculos movibles, ora oscuros, ora brillantes. Esto se prolongó hasta rayar el día, en que el bullicioso repique de las campanas de la parroquia, echadas a vuelo en honor del santo patrono del lugar, y el agudo canto de los gallos, anunciaron el alba a los habitantes de la aldea. Pasó el día entre fiestas y regocijos. Mosén Gil, sin sospechar la parte que las brujas habían tomado en su elaboración, repartió, terminada la misa, sus panes entre los pobres; las muchachas bailaron en las eras al son de la gaita y el tamboril, luciendo los dijes y las galas que habían traído de Tarazona y, ¡cosa particular!, Dorotea, aunque al parecer fatigada de haber pasado la noche en claro amasando el pan de la limosna, con no pequeño asombro de su tío, ni se quejó de su suerte, ni hizo alto en las bandas de mozas y mozos que pasaban emperejilados por sus puertas, mientras ella permanecía aburrida y sola en su casa.

Al fin llegó la noche, que a la sobrina del cura pareció tardar más que otras veces. Mosén Gil se metió en su cama al toque de oraciones, según tenía costumbre, y la gente joven del lugar encendió la hoguera en la plaza, donde debía continuar el baile. Dorotea, entonces, aprovechando el sueño de su tío, se adornó apresuradamente con los hermosos vestidos, presente de las brujas, púsose los pendientes de filigrana de oro, cuyas piedras blancas y luminosas semejaban sobre sus frescas mejillas gotas de rocío sobre un melocotón dorado, y con sus zapatillas de tafilete y un anillo en cada dedo, se dirigió al punto en que los mozos y las mozas bailaban al son del tamboril y las vihuelas, al resplandor del fuego, cuyas lenguas rojas, coronadas de chispas de mil colores, se levantaban por cima de los tejados de las casas, arrojando a lo lejos las prolongadas sombras de las chimeneas y la torre del lugar. Figúrense ustedes el efecto que su aparición produciría. Sus rivales en hermosura, que hasta allí la habían superado en lujo, quedaron oscurecidas y arrinconadas; los hombres se disputaban el honor de alcanzar una mirada de sus ojos, y las mujeres se mordían los labios de despecho. Como le habían anunciado las brujas, el triunfo de su vanidad no podía ser más grande. Pasaron las fiestas del santo, y aunque Dorotea tuvo buen cuidado de guardar sus joyas y sus vestidos en el fondo del arca, durante un mes no se habló en el pueblo de otro asunto.

—¡Vaya, vaya! —decían sus feligreses a mosén Gil—, tenéis a vuestra sobrina hecha un pimpollo de oro. ¡Qué lujo! ¡Quién había de creer que después de dar lo que dais en limosnas aún os quedaba para esos rumbos!

Pero mosén Gil, que era la bondad misma y que ni siquiera podía figurarse la verdad de lo que pasaba, creyendo que querían embromarle, aludiendo a la pobreza y la humildad en el vestir de Dorotea, impropias de la sobrina de un cura, personaje de primer orden en los pueblos, se limitaba a contestar sonriendo y como para seguir la broma:

—¿Qué queréis? Donde lo hay se luce.

Las galas de Dorotea hacían entre tanto su efecto.

Desde aquella noche en adelante no faltaron enramadas en sus ventanas, música en sus puertas y rondadores en las esquinas. Estas rondas, estos cantares y estos ramos tuvieron el fin que era natural, y a los dos meses la sobrina del cura se casaba con uno de los mozos mejor acomodados del pueblo, el cual para que nada faltase a su triunfo, hasta la famosa noche en que se presentó en la hoguera había sido novio de una de aquellas vecinas que tanto la hicieron rabiar en otras ocasiones sentándose a coser sus vestidos en el portal de la calle. Solo el pobre mosén Gil perdió desde aquella época para siempre el latín de sus exorcismos y el trabajo de sus aspersiones. Las brujas, con grande asombro suyo y de sus feligreses, tornaron a aposentarse en el castillo; sobre los ganados cayeron plagas sin cuento; las jóvenes del lugar se veían atacadas de enfermedades incomprensibles; los niños eran azotados por las noches en sus cunas, y los sábados, después que la campana de la iglesia dejaba oír el toque de Ánimas, unas sonando panderos, otras añafiles o castañuelas, y todas a caballo sobre sus escobas, los habitantes de Trasmoz veían pasar una banda de viejas, espesa como las grullas, que iban a celebrar sus endiablados ritos a la sombra de los muros y la ruinosa atalaya que corona la cumbre del monte.

***

Después de oír esta historia, he tenido ocasión de conocer a la *tía Casca*, hermana de la otra *Casca* famosa, cuyo trágico fin he referido a ustedes, y vástago de la dinastía de brujas de Trasmoz, que comienza en la sobrina de mosén Gil y acabará no se sabe cuándo ni dónde. Por más que, al decir de los revolucionarios furibundos ha llegado la hora de las dinastías seculares, esta, a juzgar por el estado en que se hallan los espíritus en el país, promete prolongarse aún mucho, pues teniendo en cuenta que la que vive no será para largo en razón a su avanzada edad, ya comienza a decirse que la hija despunta en el oficio y una nietezuela tiene indudables disposiciones: tan arraigada está entre estas gentes la creencia de que de una en otra lo vienen heredando. Verdad es que, como ya creo haber dicho antes de ahora, hay aquí en todo cuanto a uno le rodea un no sé qué de agreste, misterioso y grande que impresiona profundamente el ánimo y lo predispone a creer en lo sobrenatural.

De mí puedo asegurarles que no he podido ver a la actual bruja sin sentir un estremecimiento involuntario, como si, en efecto, la colérica mirada que me lanzó, observando la curiosidad impertinente con que espiaba sus acciones, hubiera podido hacerme daño. La vi hace pocos días, ya muy avanzada la tarde, y por una especie de tragaluz, al que se alcanza desde un pedrusco enorme de los que sirven de cimiento y apoyo a las casas de Trasmoz. Es alta, seca, arrugada, y no lo querrán ustedes creer, pero hasta tiene sus barbillas blancuzcas y su nariz corva, de rigor en las brujas de todas las consejas.

Estaba encogida y acurrucada junto al hogar entre un sinnúmero de trastos viejos, pucherillos, cántaros, marmitas y cacerolas de cobre, en las que la luz de la llama parecía centuplicarse con sus brillantes y fantásticos reflejos. Al calor de la lumbre hervía yo no sé qué en un cacharro, que de tiempo en tiempo removía la vieja con una cuchara. Tal vez sería un guiso de patatas para la cena; pero impresionado a su vista, y presente aún la relación que me habían hecho de sus antecesoras, no pude menos de recordar, oyendo el continuo hervidero del guiso, aquel pisto infernal, aquella horrible *cosa sin nombre* de las brujas del *Macbeth* de Shakespeare.

CARTA NOVENA
A LA SEÑORITA DOÑA M. L. A.

Apreciable amiga:

Al enviarle una copia exacta, quizás la única que de ella se ha sacado hasta hoy, prometí a usted referirle la peregrina historia de la imagen, en honor de la cual un príncipe poderoso levantó el monasterio, desde una de cuyas celdas he escrito mis cartas anteriores.

Es una historia que, aunque transmitida hasta nosotros por documentos de aquel siglo y testificada aun por la presencia de un monumento material, prodigio del arte elevado en su conmemoración, no quisiera entregarla al frío y severo análisis de la crítica filosófica, piedra de toque, a cuya prueba se someten hoy día todas las verdades.

A esa terrible crítica que, alentada con algunos ruidosos triunfos, comenzó negando las tradiciones gloriosas y los héroes nacionales, y ha acabado por negar hasta el carácter divino de Jesús, ¿qué concepto le podría merecer esta, que desde luego calificaría de conseja de niños?

Yo escribo y dejo poner estas desaliñadas líneas en letras de molde, porque la mía es mala, y solo así le será posible entenderme; por lo demás, yo las escribo para usted, para usted exclusivamente, porque sé que las delicadas flores de la tradición solo puede tocarlas la mano de la piedad, y solo a esta le es dado aspirar su religioso perfume sin marchitar sus hojas.

***

En el valle de Veruela, y como a una media hora de distancia de su famoso monasterio, hay al fin de una larga alameda de chopos que se extiende por la falda del monte un grueso pilar de argamasa y ladrillo. En la mitad más alta de este pilar, cubierto ya de musgo merced a la continuada acción de las lluvias, y al que los años han prestado su color oscuro e indefinible, se ve una especie de nicho que en su tiempo debió contener una imagen, y sobre el cónico chapitel que lo remata el asta de hierro de una cruz cuyos brazos han desaparecido. Al pie, crecen y exhalan un penetrante y campesino perfume, entre una alfombra de menudas yerbas, las aliagas espinosas y amarillas, los altos romeros de flores azules y otra gran porción de plantas olorosas y saludables. Un arroyo de agua cristalina corre allí con un ruido apacible, medio oculto entre el espeso festón de juncos y lirios blancos que dibuja sus orillas y, en el verano, las ramas de los chopos, agitadas por el aire que continuamente sopla de la parte del Moncayo, dan a la vez música y sombra. Llaman a este sitio *la aparecida*, porque en él aconteció, hará próximamente unos siete siglos, el suceso que dio origen a la fundación del célebre monasterio de la Orden del Císter, conocido con el nombre de Santa María de Veruela.

Refiere un antiguo códice, y es tradición constante en el país, que, después de haber renunciado a la corona que le ofrecieron los aragoneses a poco de ocurrida la muerte de Don Alonso en la desgraciada empresa de Fraga, Don Pedro Atarés, uno de los más poderosos magnates de aquella época, se retiró al castillo de Borja, del que era señor, y donde en compañía de algunos de sus leales servidores, y como descanso de las continuas inquietudes, de las luchas palaciegas y del batallar de los campos, decidió pasar el resto de sus días entregado al ejercicio de la caza, ocupación favorita de aquellos rudos y valientes caballeros, que solo hallaban gusto durante la paz en lo que tan propiamente se ha llamado simulacro e imagen de la guerra.

El valle en que está situado el monasterio, que dista tres leguas escasas de la ciudad de Borja, y la falda del Moncayo, que pertenece a Aragón, eran entonces parte de su dilatado señorío; y como quiera que de los pueblecillos que ahora se ven salpicados aquí y allá por entre las quiebras del terreno no existían más que las atalayas y algunas miserables casucas, abrigo de pastores, que las tierras no se habían roturado ni las crecientes necesidades de la población habían hecho caer al golpe del hacha los añosísimos árboles que lo cubrían, el valle de Veruela, con sus bosques de encinas y carrascas seculares, y sus intrincados laberintos de vegetación virgen y lozana, ofrecía seguro abrigo a los ciervos y jabalíes, que vagaban por aquellas soledades en número prodigioso.

Aconteció una vez que, habiendo salido el señor de Borja, rodeado de sus más hábiles ballesteros, sus pajes y sus ojeadores, a recorrer esta parte de sus dominios, en busca de la caza en que era tan abundante, sobrevino la tarde sin que, cosa verdaderamente extraordinaria, dadas las condiciones del sitio, encontrasen una sola pieza que llevar a la vuelta de la jornada como trofeo de la expedición.

Dábase a todos los diablos Don Pedro Atarés y, a pesar de su natural prudencia, juraba y perjuraba que había de colgar de una encina a los cazadores furtivos, causa, sin duda, de la incomprensible escasez de reses que por vez primera notaba en sus cotos; los perros gruñían cansados de permanecer tantas horas ociosos atados a la traílla; los ojeadores, roncos de vocear en balde, volvían a reunirse a los mohínos ballesteros, y todos se disponían a tomar la vuelta del castillo para salir de lo más espeso del carrascal, antes que la noche cerrase, tan oscura y tormentosa como lo auguraban las nubes suspendidas sobre la cumbre del vecino Moncayo, cuando de repente una cierva, que parecía haber estado oyendo la conversación de los cazadores, oculta por el follaje, salió de entre las matas más cercanas y, como burlándose de ellos, desapareció a su vista para ir a perderse entre el laberinto del monte. No era aquella seguramente la hora más a propósito para darla caza, pues la oscuridad del crepúsculo, aumentada por la sombra de las nubes que poco a poco iban entoldando el cielo, se hacía cada vez más densa; pero el señor de Borja, a quien desesperaba la idea de volverse con las manos vacías de tan lejana excursión, sin hacer alto en las observaciones de los más experimentados, dio apresuradamente la orden de arrancar en su seguimiento y, mandando a los ojeadores por un lado y a los ballesteros por otro, salió a brida suelta y seguido de sus pajes, a quienes pronto dejó rezagados en la furia de su carrera tras la imprudente res que de aquel modo parecía haber venido a burlársele en sus barbas.

Como era de suponer, la cierva se perdió en lo más intrincado del monte, y a la media hora de correr en busca suya, cada cual en una dirección diferente, así Don Pedro Atarés, que se había quedado completamente solo, como los menos conocedores del terreno de su comitiva, se encontraron perdidos en la espesura. En este intervalo cerró la noche, y la tormenta, que durante toda la tarde se estuvo amasando en la cumbre del Moncayo, comenzó a descender lentamente por su falda y a tronar y a relampaguear, cruzando las llanuras, como en un majestuoso paseo. Los que las han presenciado pueden solo figurarse toda la terrible majestad de las repentinas tempestades que estallan a aquella altura, donde los truenos, repercutidos por las concavidades de las peñas, las ardientes exhalaciones, atraídas por la frondosidad de los árboles, y el espeso turbión de granizo congelado por las corrientes de aire frío e impetuoso, sobrecogen el ánimo hasta el punto de hacernos creer que los montes se desquician, que la tierra va a abrirse debajo de los pies, o que el cielo, que cada vez parece estar más bajo y ser más pesado, nos oprime como con una capa de plomo. Don Pedro Atarés, solo y perdido en aquellas inmensas soledades, conoció tarde su imprudencia, y en vano se esforzaba para reunir en torno suyo a su dispersa comitiva; el ruido de la tempestad, que cada vez se hacía mayor, ahogaba sus voces.

Ya su ánimo, siempre esforzado y valeroso, comenzaba a desfallecer ante la perspectiva de una noche eterna, perdido en aquellas soledades y expuesto al furor de los desencadenados elementos; ya su noble cabalgadura, aterrorizada y medrosa, se negaba a proseguir adelante, inmóvil y como clavada en la tierra, cuando, dirigiendo sus ojos al cielo, dejó escapar involuntariamente de sus labios una piadosa oración a la Virgen, a quien el cristiano caballero tenía costumbre de invocar en los más duros trances de la guerra, y que en más de una ocasión le había dado la victoria. La Madre de Dios oyó sus palabras, y descendió a la tierra para protegerle. Yo quisiera tener la fuerza de imaginación bastante para poderme figurar cómo fue aquello. Yo he visto pintadas por nuestros más grandes artistas algunas de esas místicas escenas; yo he visto, y usted habrá visto también, a la misteriosa luz de la gótica catedral de Sevilla, uno de esos colosales lienzos en que Murillo, el pintor de las santas visiones, ha intentado fijar, para pasmo de los hombres, un rayo de esa diáfana atmósfera en que nadan los ángeles, como en un océano de luminoso vapor; pero allí es necesaria la intensidad de las sombras en un punto del cuadro para dar mayor realce a aquel en que se entreabren las nubes como con una explosión de claridad; allí, pasada la primera impresión del momento, se ve el arte luchando con sus limitados recursos para dar idea de lo imposible.

Yo me figuro algo más, algo que no se puede decir con palabras ni traducir con sonidos o con colores. Me figuro un esplendor vivísimo que todo lo rodea, todo lo abrillanta, que, por decirlo así, se compenetra en todos los objetos y los hace aparecer como de cristal, y en su foco ardiente lo que pudiéramos llamar la luz dentro de la luz. Me figuro cómo se iría descomponiendo el temeroso fragor de la tormenta en notas largas y suavísimas, en acordes distantes, en rumor de alas, en armonías extrañas de cítaras y salterios; me figuro ramas inmóviles, el viento suspendido y la tierra, estremecida de gozo, con un temblor ligerísimo, al sentirse hollada otra vez por la divina planta de la madre de su Hacedor, absorta, atónita y muda, sostenerla por un instante sobre sus hombros. Me figuro, en fin, todos los esplendores del cielo y de la tierra reunidos en un solo esplendor, todas las armonías en una sola armonía, y en mitad de aquel foco de luz y de sonidos, la celestial señora, resplandeciendo, como una llama más viva que las otras resplandece entre las llamas de una hoguera, como dentro de nuestro sol brillaría otro sol más brillante.

Tal debió aparecer la madre de Dios a los ojos del piadoso caballero que, bajando de su cabalgadura y postrándose hasta tocar el suelo con la frente, no osó levantarlos mientras la celeste visión le hablaba, ordenándole que en aquel lugar erigiese un templo en honra y gloria suya.

El divino éxtasis duró cortos instantes; la luz se comenzó a debilitar, como la de un astro que se eclipsa; la armonía se apagó, temblando sus notas en el aire, como el último eco de una música lejana, y Don Pedro Atarés, lleno de un estupor indecible, corrió a tocar con sus labios el punto en que había puesto sus pies la Virgen. Pero ¡cuál no sería su asombro al encontrar en él una milagrosa imagen, testimonio real de aquel prodigio, prenda sagrada que, para eterna memoria de tan señalado favor, le dejaba, al desaparecer, la celestial Señora!

A esta sazón, aquellos de sus servidores que habían logrado reunirse, y que después de haber encendido algunas teas, recorrían el monte en todas direcciones, haciendo señales con las trompas de ojeo, a fin de encontrar a su señor por entre aquellas intrincadas revueltas, donde era de temer le hubiera acontecido una desgracia, llegaron al sitio en que acababa de tener lugar la maravillosa aparición. Reunida, pues, la comitiva y conocedores todos del suceso, improvisáronse unas andas con las ramas de los árboles, y en piadosa procesión, llevando los caballos del diestro e iluminándola con el rojizo resplandor de las teas, llevaron consigo la milagrosa imagen hasta Borja, en cuyo histórico castillo entraron al mediar la noche.

Como puede presumirse, Don Pedro Atarés no dejó pasar mucho tiempo sin realizar el deseo que había manifestado la Virgen. Merced a sus fabulosas riquezas, se allanaron todas las dificultades que parecían oponerse a su erección, y el suntuoso monasterio con su magnífica iglesia, semejante a una catedral, sus claustros imponentes y sus almenados muros, levantose como por encanto en medio de aquellas soledades.

San Bernardo en persona vino a establecer en él la comunidad de su Regla y a asistir a la traslación de la milagrosa imagen desde el castillo de Borja, donde había estado custodiada, hasta su magnífico templo de Veruela, a cuya solemne consagración asistieron seis prelados y estuvieron presentes muchos magnates y príncipes poderosos, amigos y deudos de su ilustre fundador Don Pedro Atarés, el cual para eterna memoria del señalado favor que había obtenido de la Virgen, mandó colocar una cruz y la copia de su divina imagen en el mismo lugar en que la había visto descender del cielo. Este lugar es el mismo de que he hablado a usted al principio de esta carta, y que todavía se conoce con el nombre de *la aparecida*.

Yo oí por primera vez referir la historia que a mi vez he contado, al pie del humilde pilar que la recuerda, y antes de haber visto el monasterio que ocultaban aún a mis ojos las altas alamedas de árboles, entre cuyas copas se esconden sus puntiagudas torres.

Puede usted, pues, figurarse con qué mezcla de curiosidad y veneración traspasaría luego los umbrales de aquel imponente recinto, maravilla del arte cristiano, que guarda aún en su seno la misteriosa escultura, objeto de ardiente devoción por tantos siglos, y a la que nuestros antepasados, de una generación en otra, han tributado sucesivamente las honras más señaladas y grandes. Allí, día y noche, y hasta hace poco, ardían delante del altar en que se encontraba la imagen, sobre un escabel de oro, doce lámparas de plata que brillaban, meciéndose lentamente, entre las sombras del templo, como una constelación de estrellas; allí los piadosos monjes, vestidos de sus blancos hábitos, entonaban a todas horas sus alabanzas en un canto grave y solemne, que se confundía con los amplios acordes del órgano; allí los hombres de armas del monasterio, mitad templo, mitad fortaleza, los pajes del poderoso abad y sus innumerables servidores la saludaban con ruidosas aclamaciones de júbilo, como a la hermosa castellana de aquel castillo, cuando, en los días clásicos, la sacaban un momento por sus patios, coronados de almenas, bajo un palio de tisú y pedrería.

Al penetrar en aquel anchuroso recinto, ahora mudo y solitario, al ver las almenas de sus altas torres caídas por el suelo, la hiedra serpenteando por las hendiduras de sus muros y las ortigas y los jaramagos que crecen en montón por todas partes, se apodera del alma una profunda sensación de involuntaria tristeza. Las enormes puertas de hierro de la torre se abren rechinando sobre sus enmohecidos goznes con un lamento agudo, siempre que un curioso viene a turbar aquel alto silencio, y dejan ver el interior de la abadía con sus calles de cipreses, su iglesia bizantina en el fondo y el severo palacio de los abades. Pero aquella otra gran puerta del templo, tan llena de símbolos incomprensibles y de esculturas extrañas, en cuyos sillares han dejado impresos los artífices de la Edad Media los signos misteriosos de su masónica hermandad; aquella gran puerta que se colgaba un tiempo de tapices y se abría de par en par en las grandes solemnidades, no volverá a abrirse, ni volverá a entrar por ella la multitud de los fieles convocados al son de las campanas que volteaban alegres y ruidosas en la elevada torre. Para penetrar hoy en el templo es preciso cruzar nuevos patios, tan extensos, tan ruinosos y tan tristes como el primero, internarse en el claustro procesional, sombrío y húmedo como un sótano, y dejando a un lado las tumbas en que descansan los hijos del fundador, llegar hasta un pequeño arco que apenas si en mitad del día se distingue entre las sombras eternas de aquellos medrosos pasadizos, y donde una losa negra, sin inscripción y con una espada groseramente esculpida, señala el humilde lugar en que el famoso Don Pedro Atarés quiso que reposasen sus huesos.

Figúrese usted una iglesia tan grande y tan imponente como la más imponente y más grande de nuestras catedrales. En un rincón, sobre un magnífico pedestal labrado de figuras caprichosas y formando el más extraño contraste, una pequeña jofaina de loza de la más basta de Valencia hace las veces de pila para el agua bendita; de las robustas bóvedas cuelgan aún las cadenas de metal que sostuvieron las lámparas, que ya han desaparecido; en los pilares se ven las estacas y las anillas de hierro de que pendían las colgaduras de terciopelo franjado de oro, de las que solo queda la memoria; entre dos arcos existe todavía el hueco que ocupaba el órgano; no hay vidrios en las ojivas que dan paso a la luz; no hay altares en las capillas; el coro está hecho pedazos; el aire, que penetra sin dificultad por todas partes, gime por los ángulos del templo, y los pasos resuenan de un modo tan particular, que parece que se anda por el interior de una inmensa tumba.

Allí, sobre un mezquino altar, hecho de los despedazados restos de otros altares, recogidos por alguna mano piadosa, y alumbrado por una lamparilla de cristal, con más agua que aceite, cuya luz chisporrotea próxima a extinguirse, se descubre la santa imagen, objeto de tanta veneración en otras edades, a la sombra de cuyo altar duermen el sueño de la muerte tantos próceres ilustres, a la puerta de cuyo monasterio dejó su espada como en señal de vasallaje un monarca español, que atraído por la fama de sus milagros, vino a rendirle, en época no muy remota, el tributo de sus oraciones. De tanto esplendor, de tanta grandeza, de tantos días de exaltación y de gloria, solo queda ya un recuerdo en las antiguas crónicas del país, y una piadosa tradición entre los campesinos que de cuando en cuando atraviesan con temor los medrosos claustros del monasterio para ir a arrodillarse ante Nuestra Señora de Veruela, que para ellos, así en la época de su grandeza como en la de su abandono, es la santa protectora de su escondido valle.

En cuanto a mí, puedo asegurar a usted que en aquel templo, abandonado y desnudo, rodeado de tumbas silenciosas, donde descansan ilustres próceres, sin descubrir, al pie del ara que la sostiene, más que las mudas e inmóviles figuras de los abades muertos, esculpidas groseramente sobre las losas sepulcrales del pavimento de la capilla, la milagrosa imagen, cuya historia conocía de antemano, me infundió más hondo respeto, me pareció más hermosa, más rodeada de una atmósfera de solemnidad y de grandeza indefinibles que otras muchas que había visto antes en retablos churriguerescos, muy cargadas de joyas ridículas, muy alumbradas de luces en forma de pirámides y de estrellas, muy engalanadas con profusión de flores de papel y de trapo.

A usted, y a todo el que sienta en su alma la verdadera poesía de la religión, creo que le sucedería lo mismo.

NOTAS PARA LA EDICIÓN DE 2020

1) Contexto histórico

El siglo XIX es una época turbulenta para España. Comienza con la invasión francesa en 1808 y su consiguiente guerra de independencia, y termina con el conflicto hispano-estadounidense, también conocido como el Desastre del 98, estocada final al corazón del Imperio Español.

2) Contexto literario

En lo político y social, el país sufre grandes cambios, al compás de enroques dinásticos, ensayos republicanos y una restauración monárquica. En sintonía con los principales países del continente, España ve nacer, prosperar y coexistir diversos movimientos artísticos, a menudo contrapuestos.

En este contexto, Bécquer es un exponente fundamental del romanticismo tardío, aunque escribe en pleno auge del realismo.

Alejado de la pomposidad y los lugares comunes de la época, tanto en su prosa como en su poesía, ensaya una nueva encarnación del romanticismo, distanciado de la retórica y procurando alcanzar un intimismo lírico, ornado en su justa medida.

Bécquer poeta dice tanto con sus palabras como con aquello que insinúa, y sus breves poemas dejan suspendidas un sinfín de evocaciones en cadencia musical. Como prosista, es un maestro del género en la lengua castellana, en particular del relato gótico y la prosa lírica, en los que integra elementos de su poesía.

Con Rosalía de Castro, Bécquer es un pionero de la lírica moderna, al tiempo que sirve de puente con corrientes del romanticismo más ortodoxo, integrando con éxito la poesía popular (sin caer en el costumbrismo realista) y la "estética del sentimiento".

3) Biografía

Bécquer nace en Sevilla el 17 de febrero de 1836, en el seno de una familia de artistas de origen noble y con raíces flamencas, aunque establecida en Andalucía desde el siglo XVII.

Huérfano a temprana edad, Gustavo Adolfo es adoptado por su tía materna junto a sus numerosos hermanos. El más allegado, Valeriano, se destaca en la pintura. Bécquer estudia en el Real Colegio de Humanidades de San Telmo de Sevilla, hasta su cierre por el Estado.

El 19 de mayo de 1861, contrae matrimonio con Casta Esteban y Navarro, en Madrid, con quien tiene tres hijos. Tras ejercer algunos oficios, se destaca como cronista de salones y, en paralelo, comienza a escribir para complementar el ajustado ingreso familiar.

En 1863 tiene una recaída de tuberculosis y se traslada con Valeriano al Monasterio de Veruela (Zaragoza), lugar de tratamiento para esta enfermedad. En el antiguo monasterio encuentra fuente de inspiración para los relatos románticos de *Leyendas* y para las *Cartas desde mi celda*, publicadas estas últimas originalmente en el periódico *El confidencial*. Es una etapa seminal de su producción artística.

Tras su recuperación, trabaja como censor de novelas en Madrid entre 1864 y 1868; en 1870, con la muerte de su inseparable hermano Valeriano de por medio, es nombrado director de *La Ilustración* de Madrid.

Muere en Madrid a los 34 años, el 22 de diciembre de ese mismo año.

4) Legado literario

La influencia de Gustavo Adolfo Bécquer en la poesía en español es mayúscula. Aunque es justo clasificarlo como escritor romántico, el calificativo queda corto. En su obra es innegable la sensibilidad del simbolismo, e incluso se observan rasgos de modernismo.

Su influjo se aprecia en la obra de varias generaciones de autores hispanoamericanos, entre los que se cuentan Delmira Agustini, Rubén Darío, Leopoldo Lugones y Amado Nervo.

5) Principales citas de esta obra

Carta primera:

Saboreo en silencio mi taza de café, único exceso que en estas soledades me permito, sin que turbe la honda calma que merodea otro ruido que el del viento que gime a lo largo de las desiertas ruinas y el agua que lame los altos muros del monasterio o corre subterránea atravesando sus claustros sombríos y medrosos.

Yo he oído decir a muchos, y aun la experiencia me ha enseñado un poco, que hay horas peligrosas, horas lentas y cargadas de extraños pensamientos y de una voluptuosa pesadez, contra las que es imposible defenderse.

Carta segunda:

De cuando en cuando veo atravesar a lo lejos una de esas figuras aisladas que se colocan en un paisaje para hacer sentir mejor la soledad del sitio.

Parece una armonía que a la vez baja del cielo y sube de la tierra, y se confunde y flota en el espacio, mezclándose al último rumor del día que muere, al primer suspiro de la noche que nace.

Carta tercera:

Nada habla allí de la muerte con ese lenguaje enfático y pomposo de los epitafios; nada la recuerda de modo que horrorice con el repugnante espectáculo de sus atavíos y despojos.

Después que hube abarcado con una mirada el conjunto de aquel cuadro, imposible de reproducir con frases siempre descoloridas y pobres, me senté en un pedrusco, lleno de esa emoción sin ideas que experimentamos siempre que una cosa cualquiera nos impresiona profundamente, y parece que nos sobrecoge por su novedad o su hermosura.

Así soñaba yo en aquella época. ¡A tanto y a tan poco se limitaban entonces mis deseos!

Carta cuarta:

Lo único que yo desearía es un poco de respetuosa atención para aquellas edades, un poco de justicia para los que lentamente vinieron preparando el camino por donde hemos llegado hasta aquí, y cuya obra colosal quedará acaso olvidada por nuestra ingratitud e incuria.

Porque no hay duda: el prosaico rasero de la civilización va igualándolo todo. Un irresistible y misterioso impulso tiende a unificar los pueblos con los pueblos, las provincias con las provincias, las naciones con las naciones, y quién sabe si las razas con las razas.

A mí me hace gracia observar cómo se afanan los sabios, qué grandes cuestiones enredan, y con qué exquisita diligencia se procuran los datos acerca de las más insignificantes particularidades de la vida doméstica de los egipcios o los griegos, en tanto que se ignoran los más curiosos pormenores de nuestras costumbres propias.

Carta quinta:

Dios, aunque invisible, tiene siempre una mano tendida para levantar por un extremo la carga que abruma al pobre. Si no, ¿quién subiría la áspera cumbre de la vida con el pesado fardo de la miseria al hombro?

Carta sexta:

En aquel castillo, que tiene por cimiento la pizarra negra de que está formado el monte, y cuyas vetustas murallas, hechas de pedruscos enormes, parecen obra de titanes, es fama que las brujas de los contornos tienen sus nocturnos conciliábulos.

Carta sétima:

Concluida la primera parte de su mágica letanía, en la que, unos tras otros, había ido llamando por sus nombres, que yo no podré repetir, a todos los espíritus del aire y de la tierra, del fuego y de las aguas, comenzó a percibirse en derredor un ruido extraño, un rumor de alas invisibles que se agitaban a la vez, y murmullos confusos, como de muchas gentes que se hablasen al oído. En los días revueltos del otoño, y cuando las nubes, amontonadas en el horizonte, parecen amenazar con una lluvia copiosa, pasan las grullas por el cielo, formando un oscuro triángulo, con un ruido semejante.

Carta octava:

He aquí la historia, poco más o menos, tal como me la refirió mi criada, aunque sin sus giros extraños y sus locuciones pintorescas y características del país, que ni yo puedo recordar ni, caso que las recordase, ustedes podrían entender.

La vieja, a quien antes parecía complacer que no afligir esta repulsa, aproximose más a la joven, y procurando dulcificar todo lo posible su voz de carraca destemplada, prosiguió de este modo, sonriendo siempre con sus ojillos verdosos, como sonreiría la serpiente que sedujo a Eva en el Paraíso.

Carta novena - A la señorita Doña M. L. A.:

... porque sé que las delicadas flores de la tradición solo puede tocarlas la mano de la piedad, y solo a esta le es dado aspirar su religioso perfume sin marchitar sus hojas.

Yo me figuro algo más, algo que no se puede decir con palabras ni traducir con sonidos o con colores.

De tanto esplendor, de tanta grandeza, de tantos días de exaltación y de gloria, solo queda ya un recuerdo en las antiguas crónicas del país, y una piadosa tradición entre los campesinos que de cuando en cuando atraviesan con temor los medrosos claustros del monasterio para ir a arrodillarse ante Nuestra Señora de Veruela, que para ellos, así en la época de su grandeza como en la de su abandono, es la santa protectora de su escondido valle.

Índice